Patrick Modiano

Souvenirs dormants

沉睡的记忆

〔法〕帕特里克·莫迪亚诺 著   吴雅凌 译

人民文学出版社
PEOPLE'S LITERATURE PUBLISHING HOUSE

著作权合同登记号　图字 01-2018-4281

Patrick Moniano
Souvenirs dormants
© Editions Gallimard，Paris，2017

图书在版编目(CIP)数据

沉睡的记忆/(法)帕特里克·莫迪亚诺著；吴雅凌译.
—北京：人民文学出版社，2018
（莫迪亚诺作品系列）
ISBN 978-7-02-014549-2

Ⅰ.①沉⋯　Ⅱ.①帕⋯②吴⋯　Ⅲ.①中篇小说-法国-现代　Ⅳ.①I565.45

中国版本图书馆 CIP 数据核字(2018)第 189789 号

责任编辑	朱卫净　何炜宏
装帧设计	汪佳诗

出版发行	人民文学出版社
社　　址	北京市朝内大街 166 号
邮　　编	100705
网　　址	www.rw-cn.com
印　　刷	上海利丰雅高印刷有限公司
经　　销	全国新华书店等
字　　数	55 千字
开　　本	889×1194 毫米　1/32
印　　张	3.75
插　　页	5
版　　次	2018 年 10 月北京第 1 版
印　　次	2018 年 10 月第 1 次印刷
书　　号	978-7-02-014549-2
定　　价	39.00 元

如有印装质量问题，请与本社图书销售中心调换。电话：010-65233595

有一天在河边的旧书摊,有本书的书名吸引了我:《相遇时节》。我也一样,在很远的从前,我也有和人相遇的时候。那时我常害怕虚空。独自一人还好,和几个刚认识的人在一起我会头晕。我宽慰自己说,等一下就有机会不声不响走开的。这些人中总有那么三两个,你不知道他们可能把你带往何方。那是冒风险的事。

我可以从星期天晚上说起。星期天晚上让我心生惧意。冬天午后,天将黑的时候,一个人回寄宿学校。星期天晚上让每个有这种经历的人心生惧意。稍后这会紧跟到梦里不放过他们,有时一生也不放过他们。星期天晚上一群人聚在玛蒂娜·海华德家。我也在那些人里头。那年我二十岁,不太自在。我有一丝负罪感,仿佛做回了中学生,没回寄宿学校反倒离家出走。

我是不是应该马上说到玛蒂娜·海华德,说到那些晚上围在她身边纷纷扰扰的那群人？或者，我应该依循时间的先后从头说起？我不知道。

十四岁左右，我习惯一个人在街上走。那是在假日，校车把我们捎到奥尔良门。我父母不在身边。父亲忙他的事。母亲在皮嘉尔的一家剧院演戏。那一年，一九五九年，星期六晚上母亲上戏台，我则头一回见识皮嘉尔街区。接下来的十年里我常回那个街区。等我有勇气时还会透露更多细节。

刚开始我害怕一个人走。为了安心，我每次走同样的路线：喷泉街、白广场、皮嘉尔广场、弗洛肖街和维克托–马歇街，直到皮嘉尔街角的面包店。那里通宵彻夜开门，挺不寻常的店，我在那里买一只羊角面包。

同是那一年的冬天，星期六不用上学时，我守在斯彭蒂尼街的一栋楼前。住在那里的人我忘了名字，我就叫她"斯蒂奥帕的女儿"吧。我不认识她。我从斯蒂奥帕那里知道她的住址，我父亲和斯蒂奥帕在星期天带我去布洛涅森林散步。斯蒂奥帕是俄罗斯人，和父亲是朋友，经常见面。他身材高大，一头发亮的棕发，穿一件毛皮领子的旧大衣。他当时运气不佳。傍晚六点左右，我们陪他走到他住的家庭公寓。他告诉我，他女儿和我一样大，我们不妨交个朋友。他好像不再去看女儿，她和母亲、继父一起住。

那年冬天的星期六下午,在去皮嘉尔的剧院化妆室找母亲以前,我守在斯彭蒂尼街的那栋楼前。我等待那扇通车辆的黑铁镂花镶玻璃大门打开,等待"斯蒂奥帕的女儿",那个和我一样大的女孩走出来。我肯定她会是独自一人,她会主动走到我面前,我会很自然地和她说话。可是她一次也没有从那栋楼里走出来。

斯蒂奥帕给了我电话号码。有人来接电话。我说:"我找斯蒂奥帕的女儿。"一阵沉默。我自我介绍是"斯蒂奥帕的朋友的儿子"。她的嗓音清澈友好,仿佛我们已认识很久。她对我说:"下星期再打给我。我们约个时间见面。情况有点复杂……我现在不和父亲一起住……我会跟你解释的……"但是下星期以及那年冬天的其他星期,电话打过去再也没人接。有两三个星期六坐地铁去皮嘉尔以前,我还会守在斯彭蒂尼街的那栋楼前。毫无结果。我本该按门铃的,但我肯定没人开门,就像没人接电话。然后,到了春天,我们不再和斯蒂奥帕一起去布洛涅森林散步。我也从此不再和父亲一起散步。

很长时间里，我相信只有在街上人们才能真的相遇。所以我在马路边等斯蒂奥帕的女儿，我不认识她，一味站在她住的楼前等她。她在电话里说："我会跟你解释的。"这句话在我梦中回响了好几天，声音越来越遥远。是的，我想见她，因为我希望她能给我一些"解释"。也许她会帮助我更好地认识我父亲，那个沿着布洛涅森林小径静静走在我身旁的陌生人。斯蒂奥帕的女儿和斯蒂奥帕的朋友的儿子，她和我必定有共同之处。我肯定她比我更了解内情。

那时我父亲总在办公室半开的门后打电话。从他口中吐出的只言片语让我好奇："黑市里的俄罗斯帮"。四十年后，我无意中看到一份俄罗斯人名单，全是德国占领时期的巴黎黑市交易大佬。沙波什尼科夫、库里诺、斯塔莫格鲁、伍尔夫男爵、米什切斯基、季雅巴里捷……斯蒂奥帕也名列其中吗？还有我父亲，他也用俄罗斯人的假身份吗？我最后一次问自己，在这些谜团没有解开就遁入时间的暗夜以前。

我十七岁时遇见一个女人叫米莱依·乌鲁索夫。她的俄罗斯姓氏来自她丈夫埃迪·乌鲁索夫，绰号"领事"。他们住西班牙的托雷莫利诺斯一带。她是法国人，出生在朗德。那里有延绵的沙丘、松树、大西洋的无人海岸、九月的晴朗日子……但我认识她在巴黎。那是一九六二年冬天。我离开远在上萨瓦的中学，发着三十九度高烧坐火车去巴黎，午夜时分找到我母亲的公寓。母亲不在家，钥匙交给了米莱依·乌鲁索夫。她在回西班牙前借住几周。我按门铃，她来开的门。公寓像没人住似的。家具几乎搬空了。进门有一张桥牌桌和两把椅子。临河岸的房间正中有一张大床。隔壁是我儿时的睡房，有一张桌子、一些布料、裁缝用的人体模型，衣架挂着好些裙子衣服。吊灯散发昏暗的光，多数灯泡是坏的。

那是个不寻常的二月，公寓里是昏暗的光，反对阿尔及利亚独立的地下组织频发暴动。米莱依·乌鲁索夫刚滑雪回来,给我看她和朋友在某个木屋阳台拍的照片。其中一张有她和一个叫吉拉尔·布蓝的演员。她告诉我,布蓝十二岁时未经父母同意就开始拍电影,因为他当时就是自做主张的孩子。后来我在好几部电影里看见他。在我的印象中,他总是不停在走路,双手放进口袋,稍稍缩着脑袋,像要躲雨似的。白天大多数时候我和米莱依·乌鲁索夫在一起。我们不常在公寓吃饭。煤气断了,做饭要点酒精炉。没有暖气。不过壁炉里还剩一点木头。有天早上,我们到奥尔良门附近补交一张拖欠两个月的电费账单,免得接下来那些天点蜡烛。我们几乎每天晚上都出门。临近午夜时分,她带我去公寓近旁圣父街的一家小酒馆。歌舞表演早就结束。底楼的吧台前还坐着几个客人,好像互相认识,低声地交谈。我们和她的朋友约在那里,一个叫雅克·德·巴维埃尔(或得巴维埃尔)的颇有运动家风度的金发男人。她告诉我,他是"记者",经常"巴黎和阿尔及尔两边跑"。有几次夜里她没回来,我猜她是和这个雅克·德·巴维埃尔(或得巴维埃尔)在一起。他住保尔-杜美街的单间公寓。有天下午我陪她去过一次,因为她把手表忘在那儿。雅克·德·巴维埃尔不在家。有两三次,他请我们到香榭丽舍大街附近吃饭。那家餐厅在华盛顿街，名叫沙地玫瑰。很久以后我才知道，圣父街的小酒馆和沙地玫瑰在当时的常客都来自某个与阿尔及利亚战争有关联的治安组织。出于这一巧合，我寻思着雅克·德·巴维埃尔（或得巴维埃尔）是不是组织里的成员。七十年代的某个冬天，傍晚六点前后，我在乔治五世地铁站口看见一个男人，我进地铁时他正走出来，我认出他是老了些的雅克·德·巴维埃尔。我转身跟在后头，打算上前和他说话，打听米莱依·乌鲁索夫的消息。她和她丈夫"领事"埃迪还住在托雷莫利诺斯吗？他朝圆形广场的方向往下走，走路有点儿跛。我在马里尼昂咖啡馆的露天座位前驻足，眼看他消失在人群中。我为何不上前和他说话？他还认得我吗？我回答不了这些问题。对我来说，巴黎城里散布着各种幽灵，和地铁站一样多，和你按下地铁线路图的按钮时那些发亮的小圆点一样多。

　　米莱依·乌鲁索夫和我，我们经常在卢浮宫站坐地铁到巴黎西边拜访她的朋友。我忘了她那些朋友的脸孔。但我清楚记得，我和她一起走过艺术桥，经过圣日耳曼奥赛尔教堂前的广场，偶尔穿过卢浮宫的四方庭院。最靠里的警察岗亭发着黄光，和公寓里的光线一样昏暗。在我从前的睡房里，紧挨右边高窗的架上摆着书。我现在还在寻思，当时什么都不见了，那些书却还在，被人遗忘在那里，不知是发生了什么奇迹。那里头有我母亲在一九四二年抵达巴黎时读的书，汉斯·法拉达的小说和弗拉芒语书籍，还有几册属于我的绿色文丛，《神秘的货船》《布拉热诺拉子爵》……

远在上萨瓦的中学开始担心外出的我。有天早晨他们打来电话，米莱依·乌鲁索夫去接了。学校的负责人雅南司铎希望了解我的近况，因为他将近十五天没有我的消息。

她告诉他"我身体略有不适"（得了流感），她会提前告知"我启程返校"的确切日期。我坦率地问了一个问题：我能不能和她一起去西班牙？未成年人过边境必须持有父母的亲笔委托书。突然之间，我尚未成年的事实似乎让米莱依·乌鲁索夫很是担忧。她甚至想去征求雅克·德·巴维埃尔的意见。

一天里我最爱的时刻是巴黎冬天清晨六点至八点半。天还是黑的。日出前的一次喘息。时间暂停,让人自我感觉比平常轻盈。

我光顾巴黎的各色咖啡馆,就在它们开门招呼头一批顾客的时候。我用黎明称呼这些咖啡馆,那还是夜的时候,人们还被允许存有希望。一九六四年冬天,其中一家黎明咖啡馆里,我总能找到某个热纳维耶芙·达拉姆。

那家咖啡馆位于十三区车站大道尽头的一栋矮房子底楼。如今那条大道已经改名,那些坐落在意大利广场前的奇数门牌号一边的房屋大楼已经推倒不在。有时我明明记得那家咖啡馆叫绿吧,有时记忆又变得模糊,仿佛才刚在梦里听见只言片语,醒来却怎么也记不住。

热纳维耶芙·达拉姆永远是头一个进咖啡馆的顾客。我一进门就能看见她坐在最里面的老位子,低头对着一本打开的书。她告诉我，她每天睡觉不超过四小时。她在位于同一条大道稍下坡处的宝丽多录音室当秘书，这也是为什么我们会在她上班以前约在咖啡馆见面。我认识她是在若弗鲁瓦-圣伊莱尔街的一家神秘学书店。她对这类知识很感兴趣。我也一样。我是出于单纯的神秘趣味，倒不是想去奉行某种理论或者成为某个宗教领袖的信徒。

那天走出书店，天就黑了。冬天的这个时刻和清晨天没亮时一样，有同一种轻盈感。从那以后，巴黎五区对我而言是和热纳维耶芙·达拉姆连在一起的，包括各个不同街区和车站大道一带更远处的市郊。

八点半左右，我们沿大道中间的步行道走到她上班的地方，步行道上方就是架在空中的地铁线。我问了一些宝丽多录音室的问题。我刚通过一项音乐作者、作曲者和出版者协会的"填词人"资格考试。加入这个协会要有介绍人。埃米勒·斯特恩同意做我的介绍人。他是歌曲作家、乐队指挥和钢琴家。二十五年前，他在宝丽多录音室负责过伊迪特·琵雅芙的最早几次录音。我向热纳维耶芙·达拉姆打听，宝丽多录音室的档案是否还能找到一点蛛丝马迹。有个清晨，她在咖啡馆里递给我一个信封，里头有伊迪特·琵雅芙的录音记录卡，负责这些录音的就是我的介绍人埃米勒·斯特恩。她对替我偷东西似乎很有些不安。

一开始她犹豫着不告诉我住在哪里。我问她时，她只回答："住旅馆。"我们认识两周后的一天晚上，我送给她一本玛丽安娜·韦尔纳伊的《神秘学通用词典》和一本探讨秘传哲学的小说《天使纪》。那天她提出让我陪她走回旅馆。

那家旅馆坐落于蒙日街的尽头，就在十三区和戈白林街的边界。半个世纪过去了，如今巴黎再也没有人住在旅馆里。那在战后直至六十年代是常见的事。在我认识的人中，热纳维耶芙·达拉姆很可能是最后一个住旅馆的人。我还有一种感觉，就在一九六三年和一九六四年，旧世界在坍塌之前屏住最后一口气，就像人们打算推倒重建的所有那些近郊远郊的房屋大楼。当时还很年轻的我们还有几个月的光阴生活在旧世界的布景里。在蒙日街的那家旅馆，我记得床头柜上的梨形开关，还有黑色窗帘，热纳维耶芙·达拉姆每次突然做个手势都会碰到，那是一道被动防御的窗帘，自战争以来再也没换过。

我们认识几周后,她把我介绍给她哥哥。在那以前她从未提起这个哥哥。有两三次,我试图多了解她的家庭情况,但我感觉她有意保持缄默,我也不再坚持。

有天清晨,我走进车站大道的那家咖啡馆,她在老位子,有个棕发男人坐在对面,年纪和我们一般大。我挨着她坐到靠墙的长椅上。那人穿一件带拉链的夹克,肩部垫饰有皮草,看上去像穿着豹皮衣。他对我微笑,亮着嗓门点了份格罗格酒,让人误以为是咖啡馆的常客。

热纳维耶芙·达拉姆对我说:"这是我哥哥。"她神情局促。我明白他是没打招呼就找上门的。

他问我"是做哪行的",我含糊其辞地应答。他接着问了个让我惊讶的问题:"您住巴黎吗?"仿佛知道这个对他有用似的。我猜他并不常住巴黎。热纳维耶芙·达拉姆说过她出生在孚日的某个城市,我忘了是埃皮纳勒还是圣迪耶。我想象他坐在其中一个城市火车站附近的咖啡馆。晚上十一点前后，那是仅有一家还开门营业的咖啡馆。他肯定穿同一件过大的仿豹皮夹克衫。那外套在巴黎街头平淡无奇，在老家想必挺能吸引眼球。他独自一人坐着，目光涣散，面前摆着一大杯啤酒。旁边有人在玩最后一局台球。

他要送热纳维耶芙·达拉姆到上班的地方。我们沿车站大道中间的步行道走过去。她看上去越来越不自在，一副急于摆脱他的神情。我的感觉很快得到证实。他问她是不是还住蒙日街的那家旅馆。她回答："我下星期要搬了。在奥特尔附近找到另一家。"他坚持要地址。她报了米歇尔-安勒街的某个门牌号，仿佛早预料到会有此一问。他从夹克衫的暗兜里掏出一本黑皮精装记事簿，记下地址。随后她在宝丽多录音室门口和我们分手。她对我说"过会儿见"，轻微地点了点头，仿佛某种默契的示意。

一时就剩我和这个穿豹皮夹克的男人。"去喝一杯？"他说话的语气不容反驳。这时雪开始成片地飘落，很湿，几乎就像雨点。我说："我没时间，跟人约好了。"但他一直跟在我身旁。我渴望甩掉他，一口气跑到几百米外的骑士地铁站口。"您认识热纳维耶芙很久了吗？她没有拿那些巫术和灵转桌烦您吧？""完全没有。"他问我是不是住这一区，我肯定他想搞清楚我的住址好记进那本黑色记事簿。我说："我住巴黎郊外。"我说了个谎有些惭愧。"圣克卢。"他掏出黑色记事簿。我只好胡诌一个地址，阿纳托尔-法朗士大街或罗曼-罗兰大街。"有电话吗？"我弄不清楚圣克卢的区号，很快决定是"瓦勒多区"，接着随便报了四个数字。他一丝不苟地记下来。"我想注册一堂戏剧课。您知道哪里有吗？"他很坚持地看着我。"他们说我外形适合干这个。"他个儿高，相貌端正，一头深色鬈发。我回答："您知道的，在巴黎这种戏剧课一抓一大把。"他挺意外，显然是因为我的说法，"一抓一大把"。他把那件仿豹皮夹克的拉链一直拉到下巴处，竖起衣领躲着越下越大的雪。总算走到地铁口。我担心他紧跟不舍再也摆脱不了。我下台阶时没跟他道别也没回头，抢在前头那扇边门重新合上以前溜进地铁站台。

热纳维耶芙·达拉姆并不意外我对她哥哥的态度。再说她不给捏造了一个旅馆地址吗？她向我解释，他去咖啡馆向她要钱。当然了，他知道我们早晨光顾的那家咖啡馆，他也知道她上班的地方，但她说摆脱这些人很容易。我对她的乐观不敢苟同。她声音平静又加了一句，她哥哥迟早会回孚日，靠"投机倒把"（这是她的原话）过活，他一向如此。日子一天天过去，我们再也没有他的音讯。是的，他也许回孚日了。

有一阵子，我想象热纳维耶芙·达拉姆的这个哥哥走进电话亭，拨打瓦勒多区号加四个数字。没人应答。要么有人对他说："先生您拨错号码了。"快刀斩落的一句话。我仿佛看见他坐地铁过塞纳河去圣克卢区，穿着那件仿豹皮夹克衫。那年冬天很冷，他竖着衣领，边走边找一条不存在的街道。就这样直到永远。

热纳维耶芙·达拉姆常去拜访一个女人，按她的说法是精通神秘学的女友。她告诉对方我们的相识经过，我送她玛丽安娜·韦尔纳伊的词典和《天使纪》那本小说。有一天，她提出让我陪她去这个玛德莱娜·佩洛家。我一度想不起这姓名。不过只要你愿意，关乎这些姓名的记忆全会回来，它们始终在你脑中，覆着薄薄一层雪花和遗忘。是的。玛德莱娜·佩洛。但也许不是玛德莱娜，我可能记错了。

她住圣宠谷街9号。那以后我常走过那道栅栏门，门后是花园，三面环绕有高窗的围墙。甚至就在十五天前，我还偶然经过那里。热纳维耶芙·达拉姆和我，我们第一次走进那道栅栏门也是一天里的同一时刻。冬天傍晚五点钟，夜已降下，看得见窗里的灯光。那一刻我深信自己回到从前，凭靠的是某种或许可称为永恒轮回的现象，再不然就是时间在我生命的某个时期突然停顿。

玛德莱娜·佩洛是个四十来岁的棕发女人。她盘着发髻，眼眸清澈，仪态走姿颇有舞蹈家的风度。热纳维耶芙·达拉姆是怎么认识她的？我想最早是上她家学瑜伽，但我也还记得，热纳维耶芙·达拉姆在介绍我们认识以前称呼她"佩洛医生"。她行医吗？这是五十多年前的事。不得不说，我在近半个世纪里很少追问起这些一度擦肩而过的人。那只是萍水相逢。

她介绍我们认识后，我又陪她去过好几次玛德莱娜·佩洛家，总在傍晚五点钟，总是星期四。她沉默地领我们通过走廊走进客厅。两扇大窗朝向花园，热纳维耶芙·达拉姆和我，我们坐在对窗的红沙发上，玛德莱娜·佩洛坐一把矮凳，双手交叉，腰挺得笔直。第一次见面，她用近乎沙哑的低沉嗓音问我是不是在念书。我对她实话实说："没有，我没在念书。"我在索邦大学注册仅仅是为了加延兵役缓期，但一堂课也没上过。我是有名无实的大学生。她想知道我是不是有工作。我替几家书店干活，靠拿佣金勉强度日，虽然我不太喜欢"书籍佣金"这样的商业用语。另外我是音乐作者、作曲者和出版者协会会员，想写点歌词。就这样。"那您父母呢？"我突然意识到在我这个年纪，原该有父母出面提供道德情感和物质上的援助。不，没有父母。我的回答简捷了当，她也就不再追问我可能还有什么亲近的家人。我头一回本能地冲口回答与身世有关的问题。在此之前我总在逃避，各种形式的盘问总让我自然而然生出戒心。也许是那天晚上我特别放松，因为玛德莱娜·佩洛的目光和声音传递出某种慰藉，让人有被倾听的感觉，这在我的习惯里是从来没有过的。她恰当地提问，就像针灸医生瞄准下针的穴位。再说热纳维耶芙·达拉姆不也好几回称呼她"佩洛医生"吗？客厅很安静，两扇大窗朝向花园，窗与窗之间的落地灯投射出半明半暗的地带。安静到让人忍不住怀疑是不是真在巴黎。白天的大多数时候我在街上和公共场所度过，咖啡馆、地铁、旅馆房间、电影院。"佩洛医生"的公寓与这些地方形成反差，特别是冬天，六十年代初的那几个冬天在我看来比如今严酷得多。我承认，第一次拜访"佩洛医生"家我就在心里寻思，待在她的公寓里将是让人安心的，可以躲过寒冷和冬天，还可以回答她用那样低沉安静的声音提出的问题。

在玛德莱娜·佩洛家，我忍不住看了看客厅深处的矮书柜上的书。我解释说我不想太冒昧，这在我就如某种"职业"性质的好奇心。"有什么感兴趣的书就拿起来看吧。"她微笑着鼓励我。那里头全是涉及神秘学的书。其中有我送给热纳维耶芙·达拉姆的小说，十多年前出版的《天使纪》。"我很意外您知道这本小说。"玛德莱娜·佩洛对我说，仿佛这书让她回想起某样确切的东西，属于阅读以外的，某样与她的生命连在一起的东西。

我从书架取下那本书不自觉地翻开。环衬页上有一段题词："给你。纪念天使们。默热弗。失足。伊莱娜。"蓝墨水，字写得很大。她发现我看到题词似乎有些尴尬。"很美的小说，"她说，"不过我有别的书给你俩看。"她用一种专断的语气说出最后那句话。有天晚上，她把一本书放在红沙发上热纳维耶芙·达拉姆和我之间，书名是《与奇人相遇》。五十多年后的今天，这个书名加上"相遇"这个字眼让我突然想到一个我从未在意的细节。我不像许多同龄的年轻人，我从未想过与当时驰名大学讲坛的四五个思想大师相遇，也从未想过要成为他们中某个人的信徒。为什么？身为有名无实的大学生，我本该自然而然为某个导师所吸引，因为我当时确乎生活在孤独和慌乱中。当年那些大师我如今只记得一个。某天夜里，我在斗兽场街和他擦肩而过。我想象中在学院区遇见他可能会更合理。他步履蹒跚，目光忧愁不安，让我震惊。看上去他像是迷了路。我抓紧他的手臂给他带路，我按他的要求陪他到最近的出租车点。

我很快猜到"佩洛医生"对热纳维耶芙·达拉姆有某种影响力。有天晚上，我们从她家出来，她在穿过花园后告诉我，玛德莱娜·佩洛与某个"社团"常往来，那是某种秘密组织，成员会"施魔法"。她没法解释更多，因为她并不怎么知情。玛德莱娜·佩洛暗示性地提到这个社团，每次都很含糊，显然在进入正题以前想先观察她——热纳维耶芙·达拉姆的反应。然而，我感觉热纳维耶芙·达拉姆知道更多只是不想说而已，特别是她突然提议："你可以找她谈。"我们沿着圣雅各伯教堂前面的围墙走。"是的，你应该找她谈。"我很意外她这么坚持。我问："你认识她很久吗？""不太久。有天下午我在她家附近正对圣宠谷医院的一家咖啡馆里认识她。"她正要说出更多细节时突然沉默了。我们走出那条很宽的街，街道两边坐落着巴黎高师和物理化工学院的现代建筑，让人误以为是在国外某个城市迷了路：柏林、洛桑或罗马的帕里奥利街区，让人不禁要自问是不是走在梦里，甚至开始怀疑自己的身份。"你真的要找她谈，"热纳维耶芙·达拉姆用不安的声音反复说，仿佛在向我求助似的，"她会告诉你的……"我几乎要冲口问："告诉我什么？"但我感觉这么直率的问题只会让她更局促，她真的深受"佩洛医生"的影响。"当然我会找她谈，"我尽量用一种平静且与己无关的语气说，"等下星期四我们去找她的时候。这个女人让我很感兴趣。她看上去很聪明。我挺好奇，想多了解一点。"

　　我们走到她的旅馆门前。她好像轻松了些。她对我微笑。我想她是感激我的，因为我说想多了解一点。其实我是实话实说。自童年少年时起，一切与巴黎的奥秘有关的东西总是让我极其好奇也特别着迷。

但我没有等到下个星期四再去"多了解一点"。有天早晨,我送热纳维耶芙·达拉姆从旅馆去宝丽多录音室。我重坐反方向的地铁到桑西埃-多邦顿站,出了站一路走到圣宠谷。

我走到那道栅栏门前,毫不迟疑地穿过花园。我进大楼门时想到,应该先打电话给玛德莱娜·佩洛,问她是不是方便见客。

门铃声让我意外。之前几次陪热纳维耶芙·达拉姆等在门前时我没留意过门铃。细弱的声音如窒息一般,仿佛随时会停,我的手指因而一直按在门铃上,我甚至不确定玛德莱娜·佩洛如果待在里屋能不能听到。

没听到脚步声,门就微微打开了。莫非她站在门后等哪个可能会来的客人?她看见我毫不惊讶。她像从前那样沉默地领我通过走廊。我第一次在白天走进客厅。木地板上有斑驳的日影。我看见窗外的花园覆着薄薄一层雪。我感觉自己远离巴黎，远甚于我和热纳维耶芙·达拉姆结伴同来的那些夜晚。

她坐在我左边的红沙发上，那通常是热纳维耶芙·达拉姆的位子。她直视着我。

"热纳维耶芙刚才打电话了。她说您要来。我在等您。"

那么，这次拜访是在我不知情下安排好的。说不定她们俩把我催眠过，只是我一直没发现。

"她打电话了吗？"

我感觉这一幕在梦里似曾相识。一缕阳光照在客厅深处靠墙的书架上。我们有好一阵子没说话。后来是我打破了沉默。

"我读了您借给我的书……《与奇人相遇》……我之前就听说过这本书……"

那是我在上萨瓦上中学那两年的事。有个同学叫皮埃尔·安德里约。他告诉我，他父母是那本书的作者乔治·伊凡诺维奇·葛吉夫的信徒，按他的原话，那是"一位精神导师"。某个假日里，他母亲开车带我们，皮埃尔·安德里约和我，去阿西高原拜访她的女友。她是一名药剂师，也是这个葛吉夫的信徒。我零星听见她们的谈话。话题围绕这个葛吉夫为更好地传播"教义"所创立的"社团"。"社团"这个说法当时让我很好奇。

"是么……您听说过？是在哪里呢？"

她的表情既不安又感兴趣，像在担心有什么秘密是我不知情的。

"我在上萨瓦住过很长时间。那里有乔治·伊凡诺维奇·葛吉夫的信徒……"

我一边迎向她的目光，一边慢慢说出这句话。

"上萨瓦？"

她看来没料到我会说出这个细节。我的样子活像警察，在使对方震惊的时候趁机逼供。但我不是警察。我只是个好好的年轻人。

"是的……上萨瓦……靠近阿西高原……离默热弗不远……"

我想起那本《天使纪》上头显然是给她的题词："给你……默热弗……失足……"

"您在上萨瓦认识什么葛吉夫的信徒吗？"

"是的，认识几个。"

我感觉到她正焦灼不安地等待我念出那几个人的名字。

"有个中学同学的母亲……她带我们去看一个朋友，

那人也是葛吉夫的信徒……一个女药剂师……在阿西高原……"

我看出她眼里的惊讶。

"我在很久以前见过她……那个阿西高原的女药剂师……她也叫热纳维耶芙,热纳维耶芙·李耶……"

"我不知道她叫什么。"我说。

她歪着头,像是试图更清楚地回忆起那个女人。也许是回忆起她在生命中某个时期的更多细节。

"我去阿西高原看过她好几次……"

她把我忘在一旁。我没说话,我不想打断她的思绪。过了一会儿,她转过头来。

"我怎么也想不到,您会让我回想起这些事。"

她看上去心绪不宁,我考虑着是不是该换个话题。

"热纳维耶芙告诉我您开瑜伽课。我很想跟您学瑜伽。"

她没听见我的话。她重又歪着头,显然在努力搜寻那个阿西高原的女药剂师残留在脑海中的记忆。

她靠近我。我们的脸几乎挨在一起。她低声说:

"我那时很年轻……和您现在一样大……我有个女友叫伊莱娜……她带我去参加葛吉夫家的聚会……巴黎雷纳尔上校街……他周围的信徒组成一个社团……"

她语速很快且断断续续,像是在对人忏悔。这让我有点困扰。我的年龄和阅历还不够格当忏悔师。

"后来我和伊莱娜去了上萨瓦……默热弗和阿西高原……她到阿西高原的一家疗养院接受治疗……"

她准备好向我倾诉她一生的故事。在接下来的年月里,好些形形色色的人也这么做过。我常思忖个中缘由。想必我能引发别人的信任感。我喜欢听人倾诉,喜欢问他们问题。我常在咖啡馆里捕捉到陌生人谈话的只言片语。我尽可能不触及隐私地记录下来。至少这些说过的话不会就此消散。我记了满满五个笔记本,在上头标注日期且划了好些省略号。

"伊莱娜,就是她在《天使纪》那本书上题词给您?"我问她。

"是的。"

"题词最后写'失足'。我知道是什么。"

她皱着眉,像是在做一次回忆的努力。

"那是一家我和伊莱娜去过的夜店。"

我没忘记阿尔布瓦山路边那栋废墟中的房屋,有一部分还残留火灾的痕迹。正面墙上挂着一块浅色木牌,上头用红字写"失足"。我在山路上方几百米开外的某个儿童假日中心住过几个月。

"我后来再没去过上萨瓦。"她用干涩的声音说，仿佛想中断这场谈话。

"您在认识葛吉夫之后有没有加入那些'社团'呢？"

她似乎很惊讶我问这个问题。

"我这么问是因为同学的母亲还有阿西高原的女药剂师常常这么说……"

"这是葛吉夫本人的说法，"她回答说，"'下功夫的社团'……'对自己下功夫'……"

但我觉得她并不想更多地解释乔治·伊凡诺维奇·葛吉夫的学说。

"您的朋友热纳维耶芙……"她突然说，"她跟伊莱娜像得出奇……第一次在圣宠谷医院对面的那家咖啡馆看见她时，我吓了一跳……我还以为是伊莱娜……"

她透露的这点秘密丝毫没让我慌张。自童年时起，我在无意中撞见太多奇谈怪论，半开的门后、旅馆房间里太薄的隔墙、咖啡馆、等候室，还有夜间火车……

"我很担心热纳维耶芙……这是我想和您谈的……"

"担心什么？"

"她有一套古怪的生活方式……就好像她时不时在生活里走神……您没发现吗？"

"没有。"

"真奇怪,您竟没觉察到……有时我会觉得她走在人生边上……您不觉得吗?她从来没让您联想到一个梦游者吗?"

最后那个字眼让我想起小时候看过的一场芭蕾舞剧的标题。那是美好的记忆。女舞者高举手臂缓缓步上台阶。我试图找出热纳维耶芙·达拉姆和她的相同之处。

"梦游者……也许您说得对。"我说。

我不想惹她不快。

"伊莱娜和她一模一样……完全如此……她常有走神的时候……我试图让她改掉……"

"葛吉夫对此有什么看法?"

我话一出口就后悔了。在那个年代,我有时会提这样失礼的问题。我想结束这场交谈。我尽量表现出专注地听人倾诉,有时会突然厌倦,突然渴望断绝所有的关系。

"葛吉夫对她有很好的影响。对我也是。我一直鼓励伊莱娜去追随他的教诲。"

她转过头,长久地注视我。这让我局促不安。

"我们必须帮助热纳维耶芙。"

她的语气那么沉重,让我也深信不疑:热纳维耶芙·达拉姆随时会遇到危险。然而,我想来想去也没弄清楚会是哪方面的危险。

"您必须说服她住过来。"

我很惊讶她把这样的任务交给我。

"热纳维耶芙这样住旅馆很不好。伊莱娜当初和她一模一样……我很清楚问题出在哪里……我花了三个月才说服她搬出阿尔玛耶街的那家糟糕旅馆。还好葛吉夫家的聚会就在同一街区……不然伊莱娜一整天不出房门……"

显然这个伊莱娜对她来说很重要。

我问:"她当时住的旅馆离葛吉夫家很近吗?"

"就在五十来米开外……伊莱娜挑那个旅馆就是为了尽可能靠近葛吉夫家。"

只需连续三两次与某人擦肩而过,或者在某家咖啡馆某趟火车走道听到某人说话,我们就能零散捕捉到此人的过往历史。我的笔记本里记满了不相识的声音说出的一截截话语。今天在其中一页与其他页相似的纸上,我试图记录下大约五十年前某个玛德莱娜·佩洛和我交换的若干字眼:伊莱娜、阿西高原、葛吉夫、阿尔玛耶街的某家旅馆……而我甚至不确定她是不是叫玛德莱娜。

"您一定要说服热纳维耶芙住过来……"

她再次低声对我说,脸挨得很近。她直视我的眼睛。这注视让我生出麻痹感,就像在梦里想逃跑却呆在原地动弹不得。

我想必待了很长时间，那几小时的经过我已记不住了，人们说那叫记忆的空白。夜幕降临，客厅里一片昏暗，我始终和她坐在红沙发上。

她起身打开窗与窗之间的落地灯，走到书架前挑了两本书。

"拿着……下次您愿意的话再挑别的……"

那两本书很薄，更像是册子。一本是新屋书店出版的铃木大拙的《禅的研究》第二卷，一本是玛利亚·德·纳格罗乌斯卡的《魔爱圣仪》。五十年来它们一直在我身边。我问自己，有些书有些物件甚至在你不知情下固执地与你一生形影相随，而另外一些珍贵的东西你却弄丢了，这究竟是为什么？

在玄关处，我正准备开门走出去，她突然抓住我的手臂。

"您要去找热纳维耶芙吗？"

她看上去很羡慕我，让我不知如何作答。

"我是想说……您可以和她一起住过来……我会很高兴招待您的……"

六年后,我走在若弗鲁瓦-圣伊莱尔街上,就在大清真寺与植物园的围墙之间。有个女人走在我前面,手里拉着个小男孩。她漫不经心的步姿让我想起一个人。我不由自主盯着她看。

我快步赶上女人和小男孩。我转过身。热纳维耶芙·达拉姆。六年没见了。她对我笑,仿佛我们前一天才道别。

"您住这一带吗?"

我不知道为什么用"您"称呼她。应该是那个小男孩的缘故。是的,她住在附近。我试图说点什么,但她似乎觉得我们这样沉默地并肩走路再自然不过。

我们进了植物园,沿着一条小路去动物馆。小男孩跑开了又折回来。他假装在躲避一群看不见的追踪者,不时藏到一根树干后。我问是不是她的儿子。是的。她结婚了吗？没有。她一个人带儿子。总的说来，六年后我们在第一次相遇的那条街上重逢，我却没有时光流逝的感觉。恰恰相反，时间像是停顿了，我们的第一次相遇重复发生了，带着一丝变化：多了那孩子。我和她仿佛还会在同一条街上有其他次相遇，就像手表上的几根指针在每日的正午和子夜必定重合。在若弗鲁瓦-圣伊莱尔街的神秘学书店第一次遇见她的那个晚上，我买过一本书名深深打动我的书：《同一的永恒轮回》。

我们走到动物馆的那些笼子前。那天除了最大的笼子关着一头豹以外，其他笼子全是空的。小男孩站在那里，透过护栏注视那头豹。热纳维耶芙·达拉姆和我，我们退后找了一条长凳坐下。

"我带他来看动物，他喜欢《丛林之书》，每天晚上都要读给他听。"

我想起河岸边我母亲的空荡荡的公寓，靠近高窗有几排书架。我敢肯定，在汉斯·法拉达的小说和《布拉热诺纳子爵》中有两册插图版的《丛林之书》。我得鼓起勇气回去看看是不是记错了。

我犹豫着要不要问她当年的突然失踪。有天晚上，在蒙日街的那家旅馆里，他们告诉我，她"彻底地"退掉了房间。隔天在宝丽多录音室，她的某个同事用干涩的声音向我宣布她"休假了",细节详情一概没有。至于玛德莱娜·佩洛在圣宠谷街的家,再也没人来应门铃。我从童年时起就习惯人们突然消失不见。我承认热纳维耶芙·达拉姆的失踪并不真的让我意外。

"这么说,你走前连地址也不留一个?"她耸了耸肩。但我不需要解释。小男孩跑过来,嚷着要打开笼子和那头豹一块儿玩。他叫它巴格希拉,就像《丛林之书》里的黑豹。过一会儿,他转头又站到笼子前,等巴格希拉走近。

"你有佩洛医生的消息吗?"

她明确地回答我,口吻平淡,像在说某个关系生疏的人。佩洛医生从圣宠谷街搬到十五区了。有些人突然神秘失踪,让你不断寻思他们发生了什么事,让你以为永无可能弄清个中奥秘。好吧。你会很惊讶的,他们仅仅是搬家换了街区。

"你没在宝丽多录音室上班了吗?"她还在那里上班。只不过他们和玛德莱娜·佩洛一样搬了。宝丽多录音室从车站大道迁址到克利希广场附近。

我又一次想到地铁站卖票窗口边的电子路线图。每个站名对应键盘上的一个按钮。你得按下按钮才能查在哪一站换地铁。每条地铁线用不同颜色的发光线条表示。我敢肯定,将来只要录入你曾经擦肩而过的某个人的姓名,屏幕上就会出现一个红点，显示你有可能在巴黎重新遇见此人的方位。

我说："我有一次遇见你哥哥了。"自从那天早晨他来要钱以后，她再没有他的音讯。我是什么时候遇见他的？两三年前。当时我沿圣米歇尔大道往河岸方向走，经过那家叫泉水的大咖啡馆。不知为什么，我总下不了决心走进去。我一眼认出他，因为他还穿着那件仿豹皮夹克衫。他坐在玻璃门后，同桌的是一个和他一样大的男孩。他站起身用两个拳头敲玻璃，想让我看见他。他正要走出来到人行道，我抢先一步推开咖啡馆的门，就像在梦里直面危险，心里很肯定自己迟早会醒来。我坐到他们边上。每次经过泉水咖啡馆的那种不安感一下子清晰起来：在那个地方我感觉随时会来一次警察大搜捕。

他从口袋掏出那本黑记事簿，查过之后给我一个讽刺的笑：

"几年前我打电话到瓦勒多区1414号，您好像不在家。"

我坐在他对面，希望他能告诉我热纳维耶芙·达拉姆的消息，说不定他知道她失踪的原因。

他向我介绍他的同伴。我还记得名字，阿兰·帕尔克纳。十年后，我在瓦格兰大街一家卖二手摄影器材的小店招牌上重新看到这个名字，显然他在做赃物的窝主。我当时很想走进店里，好看一眼这记忆中的幽灵模样。

"热纳维耶芙？您有三年没见到她？我也没有……她肯定是和平常一样躲进塔罗牌和水晶球中……"

他的仿豹皮夹克衫比我们第一次见面时还要破旧。我注意到其中一只袖口裂了道缝，袖子上有一点污渍。阿兰·帕尔克纳脸色苍白，有一张过早衰老的孩子的脸，旧式小马夫的脸。

"他是摄影师，"热纳维耶芙·达拉姆的哥哥说，"他在替我做一本给经纪人用的册子……我打算拍电影……"

另一个边抽烟边打量我。他的眼珠是一种纠缠人的黑色，让我不舒服。热纳维耶芙·达拉姆的哥哥突然对他说："你最好打电话通知他们。"阿兰·帕尔克纳站起身朝咖啡厅深处走去。

"我肯定您帮得上忙……"热纳维耶芙·达拉姆的哥哥盯着我看。他的目光让我脊背发凉。一场轰炸后打算抢劫死人的那种人脸上常有这样贪婪的目光。

"您到底帮不帮我？"他的脸紧皱着，流露出某种尖酸表情。另一个回来了。

"你通知他们啦？"热纳维耶芙·达拉姆的哥哥问。另一个点点头坐下。我突然慌了神。他给谁打电话？通知什么？我感觉自己中了圈套，警察随时会来。

"我说他可以帮上忙。"他指着我说。

"是的，你得帮我们，"另一个坏笑着说，"反正我们不会放过你……"

我站起身直奔咖啡馆出口。热纳维耶芙·达拉姆的哥哥抢步堵住我的路。另一个贴在身后，像是要防止我往后逃。我当时想，我必须在警察来以前离开这里。我用膝盖和肩膀狠狠撞开热纳维耶芙·达拉姆的哥哥，又朝另一个脸上给了一拳。我终于逃了出去，在圣米歇尔大道上狂奔，那两个在后面追。我在克吕尼咖啡馆附近甩掉了他们。

*

"你不该和我哥哥搭话的。我心里早就当他不存在。他什么坏事都干，已经在埃皮纳勒坐过牢。"

她很小声地说这些话，似乎不想让小男孩听见。他一直站在笼子前注视那头豹。

"他叫什么名字？"我问她。

"皮埃尔。"

这是了解她六年来的生活的好机会。到了今天，二〇一七年二月一日，我懊悔当时没有问她具体的问题。可是当时我很肯定她不会回答，或者她会含糊其辞。"她走在人生边上。"玛德莱娜·佩洛这么说过。她还用"梦游者"这个字眼，让我想起小时候看过的芭蕾舞剧。我迄今记得那个女舞蹈家的姓名，玛利亚·塔西夫。热纳维耶芙·达拉姆也许真的"走在人生边上"，但她像女舞者一样，步履轻盈柔韧。

"他上学了吗？"我指着皮埃尔问她。

"在植物园另一头的学校。"

我没必要和她说起从前。重提六年前的那些细节只会让她惊讶无比：车站大道的咖啡馆、蒙日街的旅馆、"佩洛医生"介绍我们认识的一些人以及把我们牵扯进的混乱境况。她无疑忘了这一切。再不然她是远远观望，并且随着时光流逝越来越远。风景终将消失在雾中。她活在当下。

"你有时间陪我们走回家吗？"她问我。

她伸手拉住皮埃尔。他转身最后看了一眼，巴格希拉在笼子里转着永恒的圈。

*

我们经过第一次相遇的那家神秘学书店。门牌上写着下午两点开门。我们看了看橱窗里的书：《内在的力量》、《大师与道路》、《神秘历险者》……

"今晚可以过来挑几本书。"我向热纳维耶芙·达拉姆提议。我们约好傍晚六点钟，和六年前一样。不管怎么说，我在这家书店找到让我反复思考的那本书：《同一的永恒轮回》。每翻过一页我都会问自己：要是我们经历过的同样那些时间、地点、情境能够重来一次就好了，我们会规避所有的错误障碍和空白时间，我们会过得比第一次好很多……这就像誊写一份涂改严重的稿子……我们仨一块儿走到蒙日广场、清真寺和隐士井广场之间的地带。从前我和她经常走过那里。

她在一栋大楼前停住。那栋大楼带阳台，比周围的楼房厚实。"我住这里。"皮埃尔先行推开大门。我跟着他们走进去。我仿佛前生来过此地拜访某人。"今晚六点在书店见，"热纳维耶芙·达拉姆对我说，"然后你来家里吃晚饭……"

他们在大楼门口和我分手。我站在楼梯口。皮埃尔不时从楼梯栏杆伸出头，像是要看我是不是还在那里。每次我都向他招手。热纳维耶芙·达拉姆开门的时候，他把下巴靠在栏杆上打量我。我听见门重新关上。我感到一阵心疼。但我在走出大楼时已找不到难过的理由。时光流逝，人事不断消失，但在几个月里，谁知道呢，也许在几年里，我有一个固定的地方。热纳维耶芙·达拉姆。皮埃尔。卡特尔法日街5号。

我试着整理我的记忆。每份记忆就如一块拼图，因为缺太多，大多数拼图是孤立的。偶尔有三四块重新拼在一起，但不可能更多。我记录下纷乱之中回想起的只言片语，一些名单，几句短促的话。我期待这些名字像磁石般吸来更多的名字，我期待这些短促的句子最终连成段落章节。在期待中，我在与从前修车库相仿的信息场里度过长日，努力追踪那些消失的人与物。

德约里·布拉斯

艾曼纽埃尔·布吕肯（摄影师）

让·梅耶（蓝眼的让）

加埃尔和盖伊·万森夫妇

安妮·凯斯莱（玛若尼埃街11号）

范·德·梅尔维纳

约瑟夫·纳奇（蒙田大街33号）

J.德·弗洛里（书商，十九区巴斯特街2号）

奥尔加·奥尔迪奈尔（十五区杜朗东街9号）

阿里安娜·百代（康坦-博夏尔街3号）

杜格拉斯·艾本

安娜·塞德纳

玛丽·莫里托尔

皮埃罗43……

如是摸索的过程中，有些名字时不时闪光，就像指示密道入口的暗号。

我偶然记下并加问号的"于贝尔森夫人"首先唤醒一丝模糊的记忆。我试着把"于贝尔森夫人"与名单上的其他名字连在一起。我希望在这些名字和"于贝尔森夫人"之间出现一条发光的连线，就像地铁路线图，假设你想坐地铁从科尔维萨尔站到米歇尔-安热-奥特伊站，或者从雅斯门站到十字架之女站，所有必经的站点会连成绿的红的或蓝的路线。我几乎试过名单上所有名字，仿佛得了失忆症，拼命想凿穿冰冻和遗忘的隔层。突然之间，我肯定"于贝尔森夫人"这个名字和玛德莱娜·佩洛有关。事实上，热纳维耶芙·达拉姆和我，我们跟玛德莱娜·佩洛去过好几次这个于贝尔森夫人家。她住的公寓位于巴黎西边某条大街——时到今日我还在犹豫要不要写下那条大街的街名,仿佛某个过于精准的细节在五十年后还能妨碍我,将我卷入一宗"案件",引起人们所说的"额外调查"。

或许一直以来我想要从记忆中抹去这些痕迹,关于于贝尔森夫人,关于我在十七岁到二十二岁间擦肩而过的其他人。

只是,半个世纪之后,那些一度见证你人生开始时的人纷纷逝去。再说我也问自己,一个是现如今你的模样,一个是他们很可能连名字也忘了的某个年轻人的模糊形象,他们中的大多数人还会把两者连在一起吗?

我对于贝尔森夫人的记忆也相当模糊。她当时三十来岁,棕色短发,五官端正。她带我们去她家附近的餐厅吃晚饭,就在与福熙大街垂直的某条街上,背对凯旋门在大街左侧。好了,我不再害怕说出这些方位细节。我寻思着,这是老早以前的事,借用司法用语理应赦免。我们从她家走路去餐厅,那年冬天和头几年冬天一样严酷,和我在上萨瓦见识过的冬天一样,夜里呼吸的空气冰凉澄澈,如天宇般醉人。相比之下,现如今的冬天在我看来是太温和了。于贝尔森夫人穿一件样式典雅的皮草大衣。她从前显然过着更优渥的中产阶级生活,与那个杂乱不堪的公寓不可同日而语。她住在一栋新式大楼的顶层，两三个房间里塞满油画、非洲大洋洲面具和印度丝布。

我对这个于贝尔森夫人了解甚少，不外乎玛德莱娜·佩洛在我们第一次去她家的那个晚上说过的那点事。她的前夫是美国人，离婚后独自生活。她似乎认识舞蹈圈子里的不少人。有天晚上，她带我们去一个人的家里，很远，在维莱特湖边。她说那个人在每年的同一天为舞蹈家举办晚会。在极小的公寓里，我惊讶地发现，当时我所崇拜的芭蕾舞明星齐聚一堂。其中有一位年轻的歌剧舞蹈演员后来成为加尔默罗会修女。她迄今健在，显然只有她能告诉我，当年那个神秘的芭蕾舞爱好者究竟是何方神圣。

我在笔记本里找到一条十年前的记录，日期是二〇〇六年五月一日。"六十年代，有个带土耳其姓氏的男人每年在家中为舞蹈家（纽瑞耶夫、莫里斯·贝嘉、巴比莱、伊维特·肖维热，等等）举办晚会。他住维莱特湖滨路或乌尔克运河边。"为了确认这条记忆属实与否，我在一本电话地址名录中查找此人的姓名住址，因为那条笔记里用蓝色自来水笔写道：

巴黎十九区纪朗德滨河街 11 号
艾姆拉姆·R. 康巴 73.14

穆雅勒·玛塔提阿斯·康巴 82.06（依据一九六四年电话地址名录）

同一支蓝色自来水笔在住址和两个姓名的前头连画了几个问号。

我最后一次看见于贝尔森夫人应该是在一九六七年八月。

但在说起那次相遇前,我想强调一件事。我有时会在巴黎街上好几次与同一个人擦肩而过,并且是我不认识的人。既然是我在路上看见的,这些人的脸也就变得亲切。至于他们,我想他们没认出我,只有我留意到这些不期而遇,不然我们大可以互相问候聊个天。最让我困扰的事:我经常在相隔很远的不同街区与同一个人擦肩而过,仿佛命运或偶然坚持要我们互相认识似的。每次我都后悔没有和那人说话就走了过去。十字路口有几条路,我错过了其中一条有可能是正确的路。为了宽慰自己,我在笔记本里一丝不苟地记下这些没有下文的相遇,具体到确切地点和这些陌生人的外表。巴黎就这样布满星辰般的神经痛点,布满我们的生活本有可能呈现的纷繁样貌。

那年八月我最后一次遇见于贝尔森夫人。当时我住一片楼群里的一个小房间，那儿有个街心花园正对古维翁-圣西尔大道。那年夏天很热，街心花园空无一人。人们没有勇气坐地铁到市中心寻乐子，只能放任自己陷入昏沉之中。古维翁-圣西尔大道上唯一还开门的那家餐厅有个古怪的名字：往事。我担心那里的招待不会太好。想象中会有三两个可疑的客人在那里打扑克。不过，那天晚上我下决心推开了餐厅的门。

往事餐厅的装潢像乡村小客栈。进门是吧台，然后是连贯的两间，最里间正对一个小花园。突然之间，八月在巴黎的奇异感加深了，我想原路逃出去，尽早逃回古维翁-圣西尔大道的人行道，听见极少几辆车朝马约门方向开过的声音。但是，有个女服务生领我走到最里间，指给我一张花园边的桌子。

我坐下来，有一种梦中落入圈套的感觉。显然是因为我有好些天没和人说话。"与世隔绝"这个说法再适合我不过。没有客人，只除一个女人独自坐在角落。她穿着皮草大衣，这在八月里让我意外。她似乎没注意到我的存在。我认出她是于贝尔森夫人。她还是老样子，她的皮草大衣还是三年前穿过的那一件。

我犹豫片刻向她走去。

"于贝尔森夫人？"

她抬眼看我，似乎没认出我。

"我们在三年前见过几次……和玛德莱娜·佩洛一起。"

她一直盯着我看。我不知道她有没有听见我的话。

"是啊……当然了……"她突然说，好像刚才走了神似的，"和玛德莱娜·佩洛一起……您有玛德莱娜·佩洛的消息吗？"

看得出她在努力缓过神。我刚才太粗鲁把她从深沉的睡意中惊醒了。

"没有，一点消息也没有。"

她露出局促的笑，努力找话说。

"您还记得吗？"我对她说，"您带我们参加过一个晚会……所有舞蹈家都在场……"

"是的，是的，当然……我不知道那个晚会是不是每年都还在开……"

她的语气让人以为在说某件久远的事，其实不过三年前，对她来说却似是上辈子。不得不说我也有同样的印象。我回想起那个冬天夜晚，所有客人席地坐在只有两间房的小公寓里，满月高挂在维莱特湖或乌尔科运河上。

"您还住在老地方吗？"

我问她这个问题，大概是想听到一个具体答案，免得感觉对面坐着一个幽灵。

"在老地方……"

她轻轻一笑，让我挺感激的。她看上去不再是幽灵。

"您的问题真怪……那您呢，也还住在老地方吗？"

她像是在亲切地取笑我。

"请坐吧。如果您想叫点什么的话……我已经吃过了……"

我坐到她对面。我本想过一会儿借口要打电话向她告辞。但我一坐下就觉得很难站起身穿过餐厅走出去。我感到全身麻木。

"请不要在意这件皮草大衣，"她对我说，"我以为今晚会降温才穿的。我弄错了。"

但我不需要解释。你得接受一个人本来的样子，管她穿不穿皮草大衣。有必要的话，你可以问几个审慎的问题，尽量不动声色，避免他们生戒心，这么做是为了更好地了解他们。无论如何，我只见过于贝尔森夫人三四次，也从没想过三年后还会重逢。这样的萍水相逢很快会遁入遗忘中。

"您怎么会知道这家往事餐厅？"我问她。

"有个朋友带我来过。他去度假了……"

她的声音稳定且清楚,她说的话也合情合理。八月在巴黎——这个季节给人时间停顿的感觉,我们经常会独自一人待在捉摸不定的地方,一旦生活回到原来的节奏,城市恢复寻常的样貌,这些地方就会消失。

"您不吃晚饭吗?要不要喝一杯?"

她从桌上抓起一个长颈玻璃瓶,替我倒入一只大杯子。一开始我以为是水,喝了一口,那味道让我意外,原来是很烈的酒。她给自己也倒上了,不是小口地喝,而是微微抬头一气吞掉半杯。

"您不喝吗?"她似乎挺失望,也有些不安,就好像我让她重新陷于孤单。我于是喝掉了我那杯。

"您瞧,"她说,"天再热,我们到底还是想要暖和一下。"

我感觉她还想多说点什么,但她犹豫着,寻找合适的词语。

"我要告诉您一个秘密……"

她把手平放在我手上,鼓起勇气。

"天再热也没用,您要是知道我一直怕冷怕到什么程度的话……"

她向我投来胆怯又疑问的目光,等我给出足以宽慰她的回答或不如说诊断。

＊

我们走出往事餐厅。她靠在我胳膊上，沿着古维翁-圣西尔大道，十五天来头一次有风吹过。

"说到底，您穿皮草大衣穿对了。"我对她说。

她也许想走回家。但我们走的是反方向，我提醒她。

"我想走一会儿，再找个最近的出租车点。"

那个季节又那样晚了，古维翁-圣西尔大道上不再有车开过。真奇怪，在我今天写下这一段文字时，我仿佛还能听见我们的脚步声——特别是她的脚步声——回响在无人的人行道上。我们走到我住的街心花园附近。有那么一瞬间，我渴望向她告辞，告诉她有人在房间等我——那是一个复式顶楼的小房间，小到一进门我就得上床，不然额头会撞到梁。一想到这，我抑制不住大笑起来。她稍加用力靠在我胳膊上。

"您在笑什么？"

我不知该如何作答。她真的想听答案吗？她用那只闲着的手竖起皮草大衣的领子，好像那阵风突然转凉。

"那些非洲、大洋洲的面具还在您的公寓里吗？"我想打破沉默，问了她一个问题。

她站住,用一种惊讶的神情凝视我。

"您记性真好……"

是的,我记性很好……我甚至记得我努力想要遗忘的那些生活细节和那些人。我一度以为我真的忘了,又何曾想它们在几十年后像溺水的人重新浮出水面,就在某个街头转角,一天里的某个特定时刻。

我们走到尚佩雷门。只有一辆出租车,等在一排带砖墙的楼群前。

"您能送我吗?"于贝尔森夫人问我。

我又一次差点儿告诉她有人在房间等我。但我突然有些踌躇要对她说谎。为了摆脱别人,我已经太多次说谎,太多次逃进另有出口的大楼把人丢在人行道上,太多次没去赴该赴的约会……

我和她一起上了出租车。我想去她家的路很近,回来我可以走路。

"去凡尔赛王后大道。"她对司机说。

我没说话。我等她解释。

"我害怕回家。所有那些您刚才还提起的面具……它们不怀好意盯着我看……"

她郑重其事地说,让我一下愣住了。过了一会儿我才开口说:

"我觉得您弄错了。这些面具可没有您以为的那样坏……"

但我意识到她完全没有开玩笑的意思。出租车开进古维翁-圣西尔大道,和我们刚才走的是相反方向。我们经过我住的街心花园附近。

"我得回家了,"我对她说,"就在这里,靠右边。"

"请您好心陪我去一趟凡尔赛。"

她的语气不容分说,仿佛这对我来说是某种道德义务。出租车在大消防站前停红灯。我想开车门,说一句短促的客套话向她告辞。但我寻思着,去凡尔赛一路上我总来得及这么做的。我想起我读过的一本书,《梦与引导梦的方法》,书中明确指出,我们有可能在任何时刻停顿一个梦或者扭转梦的进程。只要我稍加集中精神,出租车司机就会忘记我们要去凡尔赛,很快把我们送到于贝尔森夫人家门口。于贝尔森夫人也一样。

"您肯定不想回家吗?"我轻声问她。

她把脸挨近我,一样轻声地说:

"您不能想象每天晚上回那个公寓是什么样……一个人面对那些面具……而且我最近很怕坐电梯……"

我当时太年轻,不能理解她一个人回家的焦虑感。我全无所谓,坐电梯,爬一小段楼梯,沿着走廊走进那间没法儿站直的复式顶楼小房间。今天的我比于贝尔森夫人当年还要年长近四十岁，我寻思着，在她那个年纪竟会沉浸在那样深的焦虑中，这实在不寻常。不过我们也许不能相信诸如"青春无忧"这样的说法。

我们在往事餐厅附近又停了一次红灯。我告诉自己还有机会在后面的红灯下车。我不是头一回有相似的经历：我有两次就这么逃过星期天晚上送我回学校的车，稍后还有一次在我二十岁时，有一天很晚了，我和几个人坐在一辆雪佛兰里，司机喝醉了。好在我坐车门边。

"您真的不想回家吗？"我再次问于贝尔森夫人。

"现在不想。明天吧，天亮了再说。"

我们经过布洛涅森林边缘。于贝尔森夫人闭上了眼。我检查车门是否从里面反锁住，有时夜里出租车会这样做。没有锁。我还有时间下决心。

车开过奥特尔门时，于贝尔森夫人的头靠在我肩上。她睡着了。我下车不能吵醒她，得轻轻溜出后车座，关门不能发出声响。她的脑袋那样轻靠在我肩上，这是她信任我的表示，我犹豫着是不是要辜负这信任。车开过圣克卢门。我们即将过塞纳河，进隧道，然后走西边的高速公路。到那里就没有红灯了。

自我十一岁起的那段人生里，逃离扮演了重要角色。逃离寄宿学校，在去勒伊兵营服役当天坐夜车逃出巴黎，各种爽约以及想溜走时的套话："等等，我去买包香烟……"还有我说过无数次却未曾兑现的诺言："我马上回来。"

现在我很后悔。我虽然不太擅长反省，但我想弄清楚为什么逃离在当时成了我的某种生活方式。这持续了挺长时间，我想一直到我二十二岁。这和百日咳、水痘、猩红热等等名称古怪的儿童疾病差不多吗？撇开个人情况不谈，我常常梦想写一篇专谈逃离的文论，写法上借鉴我自少年起崇拜的那些法语道德箴言作家和回忆录作家的文风：雷兹主教、拉布吕埃尔、拉罗什富科、沃维纳尔格……可是，我所能掌握的只有具体细节和确切的地点时间。特别是一九六五年的那个夏日下午，我坐在圣米歇尔大道路口的一家咖啡馆柜台前。那家窄小的咖啡馆有别于同一街区的其他咖啡馆。顾客不是大学生。长吧台像皮嘉尔或圣拉扎尔一带的店。那天下午，我明白我正漂移在偏道上，一不小心就会被大浪卷走。一直以来我说服自己，身为夜间看客不必冒风险并享有某种豁免权。"夜间看客"是十八世纪某位探究巴黎深夜奥秘的作家的自况。可是这一回，好奇心把我带到偏远地带。我感觉危险在即。不想有麻烦就得赶紧消失。对我来说这将是一次重要得多的逃离。我已然触底，只能狠命踩一脚让自己重浮水面。

前一天发生了一起事件。二十年后，一九八五年，我把那件事写进某个小说章节里。白底黑字书写不完整的供词，这是我摆脱负担的一种方式。只是，二十年太短了，有些证人还在。我不知道司法部门会在多长时效之后放弃追捕罪犯或同谋，彻底给他们戴上赦免和遗忘的面纱。

*

我在出事前几周第一次遇见她。我犹豫着没写出她的名字：五十年后，我依然担心过于精准的细节有可能暴露她的身份。一九六五年六月，有天夜里很晚了，她打电话给我，玛蒂娜·海华德位于罗丹大街2号的公寓里发生了

"意外事故"。我们就是在那里认识的。一帮子被这个玛蒂娜·海华德称作"梦游者"的人星期天晚上纷纷扰扰在那里聚会。她在电话里恳求我过去找她。

公寓客厅的地毯上躺着鲁多·F的尸体。他是这帮"梦游者"里最会惹事的角色。她告诉我,她"从书架的某一格找到"一把手枪,调试时"不小心"杀了他。手枪重又收回皮匣。她把它交给我。只是,为什么那天晚上她会和鲁多·F单独出现在公寓里？"等我们远离现场到了外头",她会向我解释清楚。

我没开楼道的灯,扶她在黑暗中下楼,没乘电梯。底楼门房处的玻璃门里亮着灯。我拉着她往通车辆的大门口走。经过门房处时,有个留平头的小个子男人走出来。他在暗淡的光线中打量我们。我摸索着想开门。大门锁上了。过了一小会儿——这一小会儿对我来说却是没有尽头,我发现墙上的开门按钮。我听到咔嗒一声门开了。我放慢每个手势让它们尽可能精准。我的目光一刻也没离开那个留平头的小个子,仿佛我在向他挑战让他记住我的脸。她急了,我让她先出门。我在她后头出门以前,一动不动在门洞里站了几秒钟,盯着那个门房看。我等他朝我走过来,但他一动不动地打量我。时间在那一刻停顿。她已在我前头十来米远,我不知道还能不能追上。我的步伐很慢，越来越慢，我感觉自己在漂浮在把每个动作分解成更细微的步骤。

*

我们走到特罗卡德罗站。凌晨两点左右。咖啡馆全关门了。我越来越平静，我的呼吸越来越深沉，我甚至不必像瑜伽课上通常做的那样集中精神。这宁静从何而来？来自特罗卡德罗广场的寂静和清冽的空气吗？我感觉它和上萨瓦山坡的空气一样温柔、冰冷。我显然深受当时在读的书的影响，德理文的《梦与引导梦的方法》。那本书是我那个时期的枕边书之一。我感觉我的平静影响了她，她现在走路和我步伐一致。她问我们到底要去哪里。回我住的蒙马特的阿尔西纳旅馆已经太晚了，去她在圣莫沟的住处也一样。我发现通往特罗卡德罗广场的某条大街街口有一家旅馆的招牌。但我外衣口袋还装着那把套了皮匣的手枪。我想找一个下水道的入口丢掉它。我手里抓着那把枪，她用不安的眼神看我。我试着安慰她。广场上只有我们二人。就算有人在某栋大楼的昏暗窗口打量也没关系。他做不了对我们不利的事。只需遵照德理文的教示扭转梦的方向，就像轻转方向盘一样。车子会畅通无阻地前行，好比当时某种美国车，开起来简直像是滑过水面不发一点声响。

*

我们在广场上走了一圈。我最后把手枪扔进航海博物馆门前的垃圾桶底。我们随后走到看得见小旅馆招牌的那条大街。马拉科夫旅馆。那以后我偶尔还会经过。五年前的某天晚上，天气和一九六五年六月的那天夜里一样炎热，我在旅馆门口停下脚步，心生进去开个房间的念头，也许会是当年那个房间。我寻思着，这会是翻阅入住登记簿的借口，看看一九六五年六月二十八日的当天记录还有没有我的名字。只是，他们还会保留从前被称为"带家具出租房监督处"的刑警大队不时会查询的老式登记簿吗？五十年前的那天夜里，因为太晚，接待处只有值夜人。她走到一旁，我在登记簿写下我的姓名和出生日期。值夜人甚至没要求看身份证件。我很肯定，深谙梦与引导梦之道的德理文必会赞赏我当时的一丝不苟。我郑重写下那些字母，如果不是自来水笔不顶用，我还会描出粗细笔画。我在写的过程中感到从未有过的沉着和平静。我甚至在住址栏写罗丹大街2号。鲁多·F躺在那儿的地毯上永远不会醒来。

*

随后那些天，我在圣米歇尔大道路口那家兼卖香烟的酒吧里的焦虑感不那么强烈了。当时也许是因为法院和警察局近在咫尺，坐落在桥的另一头。我知道有些便衣警察经常光顾圣米歇尔广场的几家咖啡馆。我们后来待在蒙马特。在那里我们感觉更安全，我们甚至寻思着那天夜里的事是不是真的发生过。

我有几分踌躇要不要提到那些天。在我那段青春岁月里，那是最值得怀念的日子也是最后的日子。自那以后生活中的一切不再有同样的颜色。那个鲁多·F，我们几乎不认识的人，莫非他的死亡起到某种重整秩序的作用？那件事之后的一段时间里，我经常睡到一半被枪声惊醒，醒来以后才明白那枪声不是在现实中而是在我梦里回响。每天我走出阿尔西纳旅馆去戈兰古街上的小店买报纸：《法国晚报》《晨报》，各种有社会新闻栏的报纸。我查报纸没让她知道，免得她担心。没有一点鲁多·F的消息。看来他没有引起任何人的注意。再不然周遭的人有意隐瞒他的死。显然是不想受牵连。在戈兰古街往上一点的梦咖啡馆露天座，我在其中一张报纸的空白处写下我还能记住的参加星期天"晚会"的那些人名。我就是在那里遇见她的。

五十年后的今天，我忍不住在这张白纸上写下其中几个人名。玛蒂娜和菲利普·海华德夫妇、让·特拉伊、安德烈·卡尔维、居伊·拉维尼、罗杰·法瓦尔和他那长雀斑灰眼珠的妻子……还有别的一些人……

过去五十年间，他们中没有人给过我音信。想必我当年太不起眼。再不然，我们仅仅是仰赖某些人的沉默得以度日。

一九六五年六月和七月。那年夏天，日子在蒙马特一天天过去。每一天都相像，有阳光的早晨和下午。人只要钻进平静的时光之流仰浮在水面就够了。我们最后忘了那个死者。她似乎也不太了解他。她在彭蒂厄街的香水店上班时认识他。他走进店里和她搭讪。后来他们在香水店隔壁的咖啡馆重新遇见。中午她习惯在那里吃个三明治。他带她参加过几次玛蒂娜·海华德在罗丹大街组织的星期天晚会，我们就是在那里认识的。就这样。那天夜里发生的事"纯属意外"。她不想对我多说。

*

每次想起那个夏天，我总有种印象，仿佛那是从我的人生抽离出去的。一段括号里的题外话，或一串省略号。

好些年后，我和我爱的女人住蒙马特的东方街9号。街区不再是从前的街区。我也不再是从前的我。街区和我，我们重新换回无罪的模样。有天下午，我在阿尔西纳旅馆前停住脚步。旅馆已经被改造隔成公寓。一九六五年夏天的蒙马特，我以为我在记忆里看见的蒙马特，突然之间似乎只是某种想象中的蒙马特。我再也没什么好怕的了。

我们很少往南边走，很少跨过克利希大道中间的林荫带划定的边界。我们待在一小片区域里，总也离不了蜿蜒向上的戈兰古街。那年七月，梦咖啡馆露天座上只有我们二人，下午也一样，圣克里斯托瓦尔咖啡馆坐落在拉马克-戈兰古地铁站的台阶半坡上，昏暗的光线里只有我们二人。在同样的地点同样的时刻同样的阳光下，我们的动作总是同样的。我还记得大热天荒无人烟的街道。空气中却有一股危险的气息。那具躺在地毯上的尸体，还有我们没关灯就离开的公寓……大白天窗里亮着灯，那就像某种警报。我试着想明白，为什么我在那个门房面前一动不动站了那么久？还有我在马拉科夫旅馆的登记卡写上我的姓名和罗丹大街2号又是多么古怪的念头……迟早有人会发现同一天夜里在那个地址发生了"命案"。我在填写那张卡片时犯了什么晕？再不然是她打电话恳求我过去的时候，我正在读德理文的书。那本书扰乱了我当时的心智。我以为我在做噩梦：我不必冒什么风险，我可以随心所欲"引导"那个梦，我甚至可以随时从梦中醒来。

有天下午早些时候，我们爬上戈兰古街的斜坡，日光下空无一人，感觉只有我们二人住在蒙马特。为了宽慰自己，我对她说，这就像午休时间抵达某个地中海的小港口。圣克里斯托瓦尔咖啡馆没有客人。我们坐的那张桌紧挨有色玻璃窗，屋子里一片幽暗。就像在水族缸底那样清凉。"这是噩梦，只是噩梦……"我几乎没发觉我在大声说出这句话。鲁多·F躺在地毯上的尸体和公寓里没关的灯……她按住我的手。"别想了。"她低声对我说。在那以前，我总觉得她也在努力不想。最初那些天，我不敢向她承认我每天早晨看报，生怕在某条新闻栏里看见鲁多·F的名字。但她和我一样不安。用不着说出口，只需交换一个眼神。比如到了晚上，我们走回朱诺大街的阿尔西纳旅馆，我们去坐电梯上楼。浅色木制电梯，配有镶玻璃的双门，那个年代还有不少这种电梯。电梯上楼很慢，随时可能卡在两个楼层之间。我生怕警察在房门口等我们，也许还留了一个在楼下接待处盯梢。他们就是经常光顾圣米歇尔广场那几家咖啡馆的警察。我从无意中听到的只言片语认出他们的身份。他们要逮捕的人是我，因为他们查得到我的名字。她倒没什么好怕的。我正要这么告诉她,电梯停在我们住的楼层。门口没有人。房间里也没有。也许是下次吧。依照德理文的指示,我又一次精准地扭转了梦的进程。

晚上我们会去两家餐厅。一家在康斯坦斯街和约瑟夫–德–迈斯特街的拐角，另一家在戈兰古街的尽头，紧挨着上山的台阶。晚上两家餐厅人满为患，和白天空寂的街道形成反差。我们坐在人群中毫不引人注意，周围谈话的喧哗声保护着我们。一直到午夜还有客人来，桌椅摆到人行道上。我们尽可能待到很晚，坐在吃晚饭的人里头，他们看上去都像在度假。毕竟我们也一样闲着没事。凌晨一点钟，该回阿尔西纳旅馆了，我们交换一个眼神。我们还得在无人的朱诺大街往上走，穿过旅馆门厅，不知道会有什么人等在接待处。那么晚了我们不坐电梯。刚走进寂静的房间我们还不太放心。我会站在门后窥探走廊里的脚步声。总的来说，晚上我们在那两家餐厅的人堆里最自在，好比两个度假的人，和别人一样在庞佩洛纳海滩消磨过整个白天。我们甚至可以谈论纠结我们的微妙话题。我们的声音淹没在其他人的声音里。我们避免过于明显的措辞，尽量用暗示性的说法，就算邻座有人碰巧好奇地听见我们的交谈也听不明白。我们跳过一些字词用省略号代替。我真希望她能多补充一些鲁多·F的情况，因为我相信她知道不少只是不愿意说。在我看来，他们第一次相遇在彭蒂厄街的香水店未必完全属实。我敢肯定这里头还缺什么细节。但我感觉得到她有意保持缄默。事实上我担心有人在她和我们称作"死者"的那个人之间建立关联。有没有什么确凿证据说明她经常见"死者"？一封信？或者他在记事本里记下她的姓名和住址？其他人如果被问到她与"死者"的关系又会提供什么证词？面对我的问题，她只是耸耸肩。她似乎不怎么认识那群常去罗丹大街2号玛蒂娜·海华德家参加星期天晚会的人。我对她念几个人名：安德烈·卡尔维、居伊·拉维尼、罗杰·法瓦尔夫妇、万森·贝尔朗、玛里昂·勒法凡，那是我在报纸空白处潦草记下的名字，我最后一次从虚无中抢回的名字。我念着这些人名，她对我摇头表示没印象。她还说，这些人对她一无所知，不可能提供和她有关的任何证词。她朝我倾过身来，像是要悄声说什么话。这个顾虑完全没必要。我们的邻座正在高谈阔论，吉他手的乐声混在人声喧哗中。每天晚上，那个吉他手会在同一时间到戈兰古街的餐厅前弹奏同一首罗贝尔托·穆罗洛的那不勒斯歌曲《灵与心》。她对我低声耳语："你不该在旅馆登记卡写你的名字。"

我试着回想我当时的精神状况。隔天独自坐在圣米歇尔大道的咖啡馆里,我确实深为恐慌,但没有持续太久。我在触底后很快浮出水面。我对自己说:现在对我来说是另一种生活的开端。在此以前我的生活就如一场混乱的梦,而我刚刚从中醒来。我突然明白"未来向你开放"这句话的意思。是的。我最终说服我自己,站在未来的角度看,我再也没什么好怕的。从此以后,我就像打过疫苗免了疫一样,就像手持外交护照享受特别庇护一样。

我对她说:"我再也不用担什么风险了。再也不用。"我的语气想必斩钉截铁,引得邻座有个四十来岁的金发男人盯着我看。有可能他是我在圣米歇尔广场的咖啡馆里认出其身份的其中一个警察。我迎向他的注视对他微笑。

有天下午，她想回圣莫沟的住处拿点"个人衣物"。整个夏天我们只有那天离开蒙马特。我们在巴士底站的站台等火车。

"你觉得回去不会太冒险吗？"她问我，"他们也许查到了我的住址。"

当时我没有特别担心什么。

"他们没有认出你。不可能查到身份不明者的住址。"

她点点头，仿佛我的话是明显不过的事实。她喃喃自语了两三次"身份不明者"，显然是想说服自己不会有危险，到头来她只是个身份不明者。

车厢里只有我们二人。大夏天，又是上班日下午人少的时候。在玛蒂娜·海华德家相识的那天夜里，凌晨两点我们走到阿尔玛广场。她乘出租车回圣莫沟。她把住址写在纸上交给我，和我约第二天见面：北方大街35号。第二天我和现在一样，在下午的同一时刻坐同一趟火车经过同样的车站：巴士底、圣芒德、文森森林、马恩河畔诺让、圣莫沟。

*

我们沿着北方大街走，街道两边的树叶覆盖在头顶。那天下午空寂无人，和蒙马特的街道一样。人行道和车道上缀满日光和树影。十五天前我第一次来时，她在家门口等我。我们散步去瓦雷纳-圣伊莱尔，走到雷恩河边一家叫小丽兹的旅馆的露天咖啡座。

这一次，她开栅栏门时犹豫片刻，不安地看了我一眼。她一时心生惧意，就像我们夜里在蒙马特回到阿尔西纳旅馆。院子里的草地无人照管。通往房子进门的小径杂草丛生。那片草地形如山谷，房子坐落在朝下延伸的半山坡，刚进院子看不见底楼。房子地基不稳，活像某次滑坡的结果。外观看似一座别墅或郊区的独栋小楼。

她让我在底楼等她收拾东西。屋子很大。唯一的家具是沙发。一面窗户朝向遮住地平线的草地斜坡，另一面朝向斜坡底的大片空地。感觉这房子确实平衡不好，随时会摇晃起来。屋里一片死寂,一刻钟后我担心她不告而别,就像我自己经常边说"等我回来"边做的那样,只要我有机会经过另有出口的大楼,比如从圣米歇尔广场走进某栋大楼可以从伊隆戴尔街溜走,或者从拜伦勋爵街1号穿过一片迷宫般的走道和楼梯可以进入香舍丽榭大街。

我肯定她不在房子里。正准备上楼核实时她回来了。她提着一只黑色皮箱。她坐到沙发上我的身旁。突然之间,我明白同一件事在我们脑海中一闪而过:鲁多·F的尸体躺在罗丹大街的公寓里。

*

我提起她的箱子,挺沉。我们沿北方大街往回走。她为离开那房子松了口气。我也一样。有些地方表面寻常,让人第一眼不起戒心,很快却传出阵阵凶波。我对人们所说的"某些地方的气场"总是很敏感。但凡有一丝疑虑我会迅速离开,好比那个冬天下午在泉水咖啡馆遇见热纳维耶芙·达拉姆的哥哥,还有他那个长着一张旧式马夫脸的同伴。我一度想深入研究这个问题,在笔记本上做了份名单,列出所有我决心不耽留的场所和详细地址。这是一种特殊天分，就像寻找松露的猎犬生来就有的第六感，也让人联想到诸如矿藏探测器这类设备。接下来几年里，我发现我没弄错名单上的大多数场所和地址。我获悉那些地方确乎浮动着凶波的证据，往往来自某些偶然场合的听闻印证，或者二三十年以后重被说起的旧闻轶事，有时只是在某家咖啡馆无意中听到某次交谈迂回处的只言片语。

*

我在北方大街不时停住脚步。我在人行道放下她的箱子。箱子很沉。我于是问她是不是把鲁多·F的尸体塞在里头。她挺镇静，但看来并不欣赏这句玩笑话。是玩笑吗？有时在梦中，甚至在我写作的现在，我的右手依然感觉得到那只箱子的重量，就像结了疤的旧伤，冬天或下雨天疼痛还会袭来。是旧时的悔恨吗？它形影相随，我却无从说出确切的由来。有一天我直觉地感到那由来始于我出生以前，而悔恨顺着一根导火索蔓延。我的直觉转瞬即逝，就像火柴划亮片刻，火苗随即消失在黑暗中……

走到瓦雷纳车站还有很长的路。我们第一次约会那天，我从巴黎过来就是在瓦雷纳车站下火车。我向她提议在小丽兹待到天黑并在那里过夜，就像我们两周以前的做法。但她提醒我，我在小丽兹的登记簿写过我的名字，就和另一天晚上在马拉科夫旅馆一样。再说小丽兹的老板们认得她。最好还是让人忘了我们。

我寻思着，在圣莫沟度过的某个夏日下午的遥远而混乱的记忆是不是促使我在四十六年后，也就是二〇一一年十二月二十六日，在笔记本上写下这几行字：

"梦。我和一个警察分局局长，他递给我一份纸张发黄的传唤令。第一句话提到一宗我必须作证的犯罪案件。我不想读那几页纸。我把它们丢到一边。随后我了解到事关一名住圣莫沟的女子杀死一名住马尔利勒鲁瓦（？）的比她年长的男子。我不知道我是哪种类型的证人。

"这和我经常做的另一个梦遥相呼应：他们抓了几个人，没有认出我。我也有被抓的危险，一旦他们发现我和'罪犯'有关联。只是，是犯了什么罪呢？"

去年我无意中在一个大信封底看见一份活页打字的文件。信封里还有几本海蓝厚纸的过期护照和几份成绩报告单。成绩单来自我寄宿过的某个儿童假日中心和上萨瓦的某个中学。

一开始我犹豫要不要重读这几页用回形针别住的薄纸。我想立即做个了断，但似乎不可能，那就像把放射性废料埋在百米深处的地底一样无济于事。

想要彻底摆脱这份薄薄的卷宗不再受影响，唯一的方式就是做出摘录再放进小说里，就像我在三十年前的做法。这样一来就分不清它们究竟真实发生还是属于梦的领域。今天，二〇一七年三月二十日，我重新打开这个淡绿的卷宗夹。我取掉一枚回形针，它在第一页纸上留下一块锈斑。我抄录下几段话。然后我会把它们全部撕毁不留一点实物痕迹。然后这事就算了结了。

第一张活页：一九六五年六月二十九日

警察局风化科

编号29：弹壳位置

发现三个弹壳，与射出的三颗子弹吻合……

关于鲁多维奇·F谋杀案的事发经过推断……

第二张活页：一九六五年七月五日

警察局风化科

鲁多维奇·F二十多年前开始使用该化名。此人本名阿克塞尔·B，绰号"肠子"。出生于一九一六年二月二十日，丹麦费德烈堡。无业。自一九四九年四月起在逃，曾住巴黎十六区。已知住址：贝勒佛伊街48号。

第四张活页：一九六五年七月五日

摘要

警察局

风化科

让·D

出生于一九四五年七月二十五日，布洛涅比扬古（塞纳省）。

……发现让·D于今年六月亲手填写的两张旅馆登记卡如下：

一九六五年六月七日：小丽兹旅馆（兼营餐厅），塞纳-马恩省瓦莱纳-圣伊莱尔市十一月十一日大街68号；

一九六五年六月二十八日：马拉科夫旅馆，巴黎十六区雷蒙-普恩加莱大街3号，该男子在以上两张登记卡的住址栏均写巴黎十六区罗丹大街2号。

在小丽兹和马拉科夫旅馆，他与一名年轻女子同伴。该女子二十来岁，中等身材，棕色头发，眼眸明亮，相关体貌特征与巴黎十六区罗丹大街2号门房M.R.的证词吻合。

该年轻女子迄今身份不明。

她始终未被认出身份，二十年后我却重新发现她的踪迹。她的名字印在那一年的巴黎电话地址名录上，那样的姓氏和名字只可能是她。巴黎十九区塞鲁里埃大道76号。电话208.76.68。

那是八月。电话无人应答。下午晚些时候，我好几次守在那栋红砖大楼前。红帽小丘公园在大楼背后延伸开去。我不熟悉这一区。你总是因为别人的关系才会了解一个城市最私密最偏远的地带，因为你会被约到这样或那样的见面地点。这些人消失不见了，他们留下的踪迹还牵扯着你。下午晚些时候，我守在塞鲁里埃大道的坡路尽头，感觉时间就此停顿。阳光和静谧，蓝的天，赭红的楼，园中绿的树……这一切在我的记忆中与维莱特湖或乌尔科运河形成反差，它们在同一区更往北的地带，多亏于贝尔森夫人，我在某个十二月的夜晚头一次见识那一带。

对我来说一切都没变。那年夏天我守在一栋大楼前，宛如二十五年前的那个冬天我在马路边等斯蒂奥帕的女儿。如果有人问我："这么做究竟是为什么？"我想我大概会老实回答："为了解开巴黎的奥秘。"

八月底的一天下午，我远远认出她在塞鲁里埃大道的斜坡路上的身影。我不意外。只要一点耐心足矣。我想起我在认识她那段时期的枕边书：《藉星永恒》和《同一的永恒轮回》……她走下坡，手提一只箱子，不再是当年我一路提到瓦雷纳车站的那只黑色皮箱。一只白色铁皮箱。阳光就照在她身上。我在塞鲁里埃大道半路赶上她。

我接过她的箱子。我们不需要交谈。我们从圣莫沟的北方大街35号徒步出发，历时二十年抵达塞鲁里埃大道76号。那只箱子比从前轻很多。轻到让我怀疑是不是没装东西。随着年华流逝，显然你会渐渐摆脱拖曳在身后的诸种重负和所有悔恨。

我注意到她额前有一道疤。出过一次车祸，她告诉我，足以让人失忆的事故。不过她倒还认得我。但她似乎不记得一九六五年夏天的那些事。

她刚从南部度假回来。她提出让我送她回家。那天下午，我们甚至可以走到马路中央，因为一路上荒无人烟，依稀如从前在蒙马特，也是同一季节和一天里的同一时候。我从此常弄混那两个夏天。

我在一本小说里发现一张从日程簿上撕下的纸。上面的日期是四月二十日，那天是圣女奥德特的纪念日。但没有年份。那本小说名叫《罗马时间》，我似乎在六十年代末读过。我当时应该是把纸片当书签。再不然，我在河边的旧书摊买下那本书时纸已夹在里头。纸上有蓝色墨水写下的一条路线，是那种被叫做"弗罗里达"的蓝。

　　法南7号高速公路
　　或里昂车站
　　内穆尔、莫雷
　　出内穆尔
　　出城左转
　　桑斯公路，行十公里远
　　右转

勒莫维尔
村子尽头的房子，正对教堂右方
绿色栅栏门
525.66.31
432.56.01

  两个电话号码无人应答。每次拨打那两个号码，我能听到远远传来的声音，像是有人在呼喊或在交谈，只是一个字也听不清。我相信这些声音属于某个秘密的"组织系统"，那个组织的成员从前利用电话改线路的空档进行联络。

  那些潦草的蓝墨水字迹可能是我的，那么我想必是根据某个人的仓促提示匆匆写下的，那人当时很可能几乎来不及说完，要么压低声音以免引起注意。

  几个月来我一直想弄个水落石出。但我推迟实地走一趟的计划。那些地方肯定都变了，要么消失不在了，要么不查看参谋部老地图就不可能找到。

  今天，我下定决心，我要把那条路线从头到尾走一遍。过去几个月里，我自问从前有没有走过，因为"内穆尔"这个地名让我依稀想到什么。也许我当时走到内穆尔没有继续往前。再不然，另一个我一直走到村子尽头的那栋房子和那道绿色栅栏门前。我的枕边书《藕星永恒》提到过另一个我，或自我的化身。成千个你的化身走到你在人生十字路口没有选中的成千条路上，而你，你却以为路只有一条。

我在大约五十年前买到的参谋部老地图中找出内穆尔周边地图。上头标示着如今米其林地图上已然不存在的公路小道和乡村。可我想走到底还得参考从前的地图。

我宁可在傍晚五点前后出发。现在是九月初，天黑得晚。为了不至于迷路，我预先查过参谋部老地图，把那张纸上的路线补充完整。我估计得绕一点儿路才能更好地了解地形，依次遵循路线上的每个步骤：

内穆尔、莫雷

经维讷沙丘（国道6号）

过莫雷，往奥瓦纳河谷方向

穿过罗雷-勒博卡日（省道281）

维勒塞夫（省道218）

多尔梅勒

再回到内穆尔

出内穆尔左转

过拉维尔萨纳

桑斯公路，行十公里远

在莱-贝特河畔巴尔佐谢抄近路，经巴士林农场

在埃格勒维尔和沙特罗转向

勒莫维尔

村子尽头的房子，正对教堂右方

旧洗衣坡，停至绿色栅栏门

林荫道，睡美人城堡

  我的笔触比日程纸上的字迹坚定许多。这条路线我心里越来越有数，仿佛已然走过一遍，我甚至不必再看参谋部老地图。只是，这真是正确的路吗？你的记忆里交织着你走过的道路的印象，而你不再知道那些路曾经穿越哪些省份。

存在的永恒沙漏不停转动

吴雅凌　文

诺贝尔奖三年后,我们等来莫迪亚诺的新作。小说《沉睡的记忆》和戏剧《我们人生开始时》于二〇一七年十月二十六日同时问世。按作者本人的话说,不是偶然。

一

一个男人遇见一个女人。

十九岁那年冬天,他们每天清晨在同一家咖啡馆约会。有一天她不告而别。六年后他们在第一次相遇的街上偶然重逢。一切和六年前仿佛没有两样,只除了她身边带着个小孩。关于从前生活的谜,她不说,他也没问起。他们只是沉默地走在同一条街上。

当我试图重述这段故事时，我发现它已经不是莫迪亚诺的故事。它可以是无数小说家笔下的故事，却不知何故欠缺所有读者在莫迪亚诺小说中感同身受的那种独特气息。做莫迪亚诺的读者（包括译者）起初是美的享受。进入他的文字，就像藏身在一个薄壳里，你与世界隔了一层，可以大口呼吸名曰"沉睡的记忆"的醉人空气。幸运的话，夜里还会做很多梦，让你醒来还执着的梦。可是一旦你徒然想要做点所谓的绎思，你会发现那个壳很脆很易碎，字里行间的悸动稍纵即逝，做梦般的空气消散了，梦也不做了。你甚至连重述其中一段故事也失败了。进退两难。让人愈发忍不住想问，是什么在成就一种独有的小说质感？

是小说里的细节吗？一九六四年。巴黎。一家也许叫绿吧的咖啡馆。一条位于大清真寺和植物园之间的小街……看不见的旧时巴黎的地名人名，犹如星辰在记忆的夜空散发幽光。莫迪亚诺的故事总也少不了确切的地点和时间。他甚至说过，他是看着老巴黎电话地址名录开始写小说的，那些陌生的人名、失效的街道门牌、无人应答的电话号码，让他心生写作的愿望。一如他援引过的曼德尔施塔姆的诗行："我还有从前的地址，我从中认出死者的声音"。在某些特定时候，小说中的人物随口杜撰的某个圣克卢郊区的虚假地址具有与现实世界近乎等同的真实分量。

"我所能掌握的只有具体细节和确切的地点时间。"① 不妨再参照一点细节。故事里的两个人第一次相遇在一家专卖神秘学著作的书店。她对秘教感兴趣，而他对一切神秘的东西感兴趣。她带他去见某个女友。那人是传奇的灵修导师葛吉夫的弟子，她推荐他们阅读葛吉夫的早年传记《与奇人相遇》②，介绍他们认识灵修组织的其他成员，甚至把他们"牵扯进某种混乱境况"。似乎她后来不告而别与此有关。是的。从头到尾透着神秘气氛的一场相遇。

但也许更是小说没写出的东西？在我所了解的拥有克制美名的小说家中，莫迪亚诺绝对榜上有名。在诺贝尔奖演讲和几次访谈里，他反复说他改稿子的重点是删减，去掉重复提起的细节，删除某个多余的段落。他舍弃许多小说家执着的叙事细节。他说那会像电台里的干扰音让人听不见真正的音乐和话语。

故事里的女郎有什么个性特征？他们后来被牵扯进什么混乱境况？我们一概不知道，书中只字不提。就连她的

---

① 若无特别说明，文中的莫迪亚诺引文均出自两本新书《沉睡的记忆》和《我们人生开始时》。
② Georges Ivanovitch Gurdjieff, *Rencontres avec des hommes remarquables*, Jeanne Salzmann trad., Paris: Julliard, 1960.

名字也像一种留白。热纳维耶芙·达拉姆……我们还能模糊了解书中其他女子的年龄肤色若干细节。有一个嗓音清澈美好，另一个眼眸明亮。有一个在炎热的八月穿皮草大衣，另一个手提沉重无比的黑色箱子。但我们对热纳维耶芙·达拉姆的外貌个性一无所知。找来找去书里似乎只说了一点，她走路的样子漫不经心。这个印象在女友的话中得到印证：她仿佛"走在人生的边上"。

一个细节。必须是准确无误的细节，好比年龄肤色之类的身份标志。我们所知道的热纳维耶芙·达拉姆形影模糊，与此同时，我们感觉热纳维耶芙·达拉姆如此亲近。她像是在小说中散发独特气息的某个源头。她让人联想到一个"梦游者"，在生活中"远远观望"。她是莫迪亚诺笔下的同类人，是"另一个我，或自我的化身"。

一个男人遇见一个女人。无数小说家书写过或正在书写同一个故事。莫迪亚诺的故事似乎在说："成千个你的化身走到你在人生十字路口没有选中的成千条路上，而你，你却以为路只有一条。"

二

在理想的情况下，一种书写方式就是一种思想方式。

我尝试凭此了解莫迪亚诺的审慎笔法。我慢慢体味这个促发自我省思的过程。

重述莫迪亚诺的故事注定会是失败的。因为等你把必要的时间、地点、细节逐次添加进去，你发现你的重述很可能比小说本身更冗长。这是因为他总在打磨最准确的句子。极少形容语。并且如《家谱》(2005)中的自况，不用比喻。在《我们人生开始时》中，失意的中年作家徒然想要教导年轻的让如何写作，他擅自修改他的书稿，"加了太多形容词"，并且使用坏趣味的比喻。年轻的让礼貌而坚定地反驳他："可是我不要别人示范什么。"

他去除所有在他看来不必要的细枝末节，也包括最可动人的私密细节。在咖啡馆他挨着她坐靠墙的长椅。认识两周后他送她走回旅馆。这几乎是我们所能读到的最亲密的情节。他有意规避一切泄露情感的只言片语。他说过，不应该跟着小说人物走进房间。他还说过，隐私和秘密是人物的深度所在，是小说的重大主题。《暗店街》(1978)第三十七章那段让读者不安得快要发狂的分别场景只有一句："我看着她，某种预感又一次刺痛我的心"。[①] 这里也一样。六年后重逢有多少未说出口的话。故事的结尾，他

[①] Patrick Modiano, *Rue des boutiques obscures*, Gallimard, 1978, p.195. 中译本见莫迪亚诺，《暗店街》，王文融译，人民文学出版社，2017年，页206。

陪她和孩子走回家,临了只一句:"我听到门重新关上,我感到一阵心疼。"

我们这里举例热纳维耶芙·达拉姆的故事。我们也可以举例其他故事。贯穿整部小说,寥寥几样可供纪念的物件全与个人无关。老式旅馆里的梨形开关和黑色窗帘,地铁站内的电子线路图,几本在读的书。还有那种慢吞吞的双门老电梯。细节不属于个人。细节属于某个时代,某个消逝的共同记忆。

一九六三年和一九六四年,旧世界在坍塌之前屏住最后一口气;当时还很年轻的我们还有几个月的光阴生活在旧世界的布景里。

如此审慎的笔法在时间的流水中不知经过多少次反复淘洗。这让人浮想联翩。书中特地记下小说家书写这段故事的日期:二〇一七年二月一日。相隔五十年的回望,一段爱情被还原出其所以刻骨铭心的本质——这样看来,小说家为人称道的"记忆术"更像文学本身的代名词,记忆是一种书写和思想的方式。小说家舍弃所有纷繁灿烂的私密细节,仿佛再微小的一丝贪恋也会阻碍秘密的夜行。作为小说主题和生命主题的秘密,我们几乎找不到另一种句法来替代莫迪亚诺对此种刻骨铭心的本质的陈述：

> 时间像是停顿了，我们的第一次相遇重复发生了，带着一丝变化：多了那孩子。我和她仿佛还会在同一条街上有其他次相遇，就像手表上的几根指针在每日的正午和子夜必定重合。在若弗鲁瓦-圣伊莱尔街的神秘学书店第一次遇见她的那个晚上，我买过一本书名深深打动我的书：《同一的永恒轮回》。

三

尼采在《快乐的知识》中做出一个名曰"最重的分量"的假设。

假设某个孤独的暗夜里，有个声音对你说话，你该怎么办？

> 你现在和过去的生活就是你未来的生活，它将周而复始不断重复绝无新意，你生活中的痛苦欢乐思想叹息，乃至一切大大小小无法言说的事情会在你身上重现并以同样的顺序降临……存在的永恒沙漏在不停

转动，你在沙漏中不过是一粒微尘。（第341条）①

很长时间里我想不明白，永恒轮回为什么会是致命的假设？轮回观毕竟在好些文明中古来有之。柏拉图对话中的苏格拉底甚至用轮回论证灵魂不死。为什么尼采像是在恐惧与战栗中发现了它，并且永恒轮回的想法一经生成就无从遁逃，就是生命中不能承受之重？

尼采说，那个夜里对你说话的声音名叫精灵（demon）。我们知道这是对苏格拉底的戏仿：不止一次，在生命的重要时刻，苏格拉底声称有一个神样的精灵对他说话。② 这个精灵出现在第341条箴言不可能是偶然。因为，前一条"快乐的知识"的主角就是"死前的苏格拉底"（第340条）。

苏格拉底死前想必也有精灵临在，所以才留给世人最后一句话："我欠医神一只公鸡。"可笑又可怕的遗言呀，尼采近乎发狂般地说。苏格拉底承认他欠医神一次燔祭，这意味着苏格拉底承认他的人生是有病的。在所有爱苏格拉底的人眼里这是多么要命的事呵！苏格拉底不是深谙快

---

① Nietzsche, *Le gai savoir*, Paris, Flammarion, pp.278—281；尼采，《快乐的科学》，黄明嘉译，华东师范大学出版社，2007年，页316—319。

② 柏拉图，《申辩》31d,《斐德若》242b,《理想国》496c 等。

乐的知识没有常人缺点吗？苏格拉底的典范人生从始至终不是完满有如神样吗？我们欣欣然摒弃其他信仰，不就是因为相信苏格拉底身为哲人的完美吗？然而和耶稣一样苏格拉底到死还在经受存在的试炼。他的遗言与另一种经书传统的存在定律一样惊世骇俗："虚空的虚空，一切都是虚空！"

我慢慢领会，永恒轮回之所以是生命中最沉重的假设，与苏格拉底死前打破沉默这件事有关。那个夜里对你说话的精灵——不如就承认是魔鬼，是心魔，当你深爱苏格拉底时，那个心魔就是苏格拉底本人。依据永恒轮回的假设，我们已经被同一个拷问打倒过无穷次。要么瘫软在地怀恨在心甚至出口诅咒他，要么对他顶礼膜拜甘愿丧失自我。要么顺服要么虚无，此外莫非无路可走？生命的真相莫非是从十字架上的最后呼唤开始算起的那三天，"遍地都黑暗"，并且永远不会轮到复活的日子？哲学如果沦为一出悲剧，那么就是在这一刻，"悲剧开始了"（incipit tragoedia，第342条箴言标题）。

四

我没能查到《同一的永恒轮回》这本书的作者和出版

信息。莫迪亚诺在小说中反复提到的书是一本不存在的书吗？我很可能弄错了。说到底这不要紧。这就好像热纳维耶芙·达拉姆有意留给她哥哥一个不存在的旅馆住址，而"我"随后也照样子做了。那个随口杜撰的住址在小说世界引出让人难忘的一幕。一个挥之不去的念头。那年冬天很冷，热纳维耶芙·达拉姆的哥哥走在圣克卢郊区，寻找一条不存在的街道，"这样直到永远。"

六年后他们站在第一次相遇的那家书店前。他又一次想起那本书，或者那个让他反复思考的假设：

> 每翻过一页我都会问自己：要是我们经历过的同样那些时间地点情境能够重来一次就好了，我们会规避所有的错误障碍和空白时间，我们会过得比第一次好很多……这就像誊写一份涂改严重的稿子。

这一段虚拟时态的独白让人得以一窥小说家的方法和矛盾：一面拒斥所有绝对的观念，一面严肃投入并予以仿效解析。人生不能重来一次，小说能重来吗？这就像一遍遍讲述一个男人遇见一个女人的故事。这就像一次次誊写稿子，每一次都允许涂改严重。文学虚拟的永恒轮回取代哲学拷问的永恒轮回。是从这里生出文学的慰藉吧。尤其是你被尼采式的苏格拉底问题打倒在地，你会为这片刻的喘息心存感激。与此同时最好和小说家一样心知肚明，小说中的永恒现在只是虚拟。莫迪亚诺的小说以一种貌似随意的方式面对永恒轮回的拷问，几乎不会让人联想到灵魂暗夜中的挣扎。好比辛波斯卡对文学的定义，它惴惴不安，因为"借用了庄严的词语，又竭尽全力让它们变得轻盈"。

有几回在电台里听见接受采访的莫迪亚诺，他像个失语者，总在艰难地寻找正确的词语，磕磕绊绊，几乎说不出一个完整的句子，也似乎回答不了外在视野的任何发问。他像他小说中的梦游者，不时从口中迸出若干字句，支离破碎的，却总有发人深思的分量。亲身见证小说家的言说困境，你有可能更好地理解何谓一种看似浑然天成的书写。小说家在小说中迈着"轻盈柔韧"的舞步，那种舞步名曰"走在人生的边上"，步步暗藏不动声色的天人交战。

作为小说，《沉睡的记忆》的样子委实古怪。没有可作主线的故事情节。只有一次次在时间之流中的相遇。热纳维耶芙·达拉姆的故事，还有别的好些故事。前一次相遇与后一次相遇无关。甚至把其他书里的故事嵌入其中也毫不违碍。比如《我们人生开始时》。二十岁那年秋天，他们在白广场的一家咖啡馆第一次相遇。

两个人的相遇究竟是出于何种偶然或者何种奇迹？我们住同一街区，过了几个月我才遇见他。也许我们早在街上擦肩而过只是没注意对方？我们永远不会知道了……

他们相遇，他们又分开。如是循环往复。所有记忆中难以释怀的人和事，所有被小心记录的地点和时间，归根到底与小说家在巴黎大街小巷与陌生人擦肩而过没有本质的差别。

我经常在相隔很远的不同街区与同一个人擦肩而过，仿佛命运或偶然坚持要我们互相认识似的。每次我都后悔没有和那人说话就走了过去。十字路口有几条路，我错过了其中一条有可能是正确的路。为了宽慰自己，我在笔记本里一丝不苟地记下这些没有下文的相遇，具体到确切地点和这些陌生人的外表。巴黎就这样布满星辰般的神经痛点，布满我们的生活本有可能呈现的纷繁样貌。

每一次擦身而过都是人生的一个十字路口。在永恒轮回的假设前,小说家重复讲同一个相遇的故事。十四岁那年冬天,星期六下午他站在斯彭蒂尼街上等她。二十岁那年秋天,每天晚上他站在白街剧院门前等她。二十五年后的夏天,每个午后他站在塞鲁里埃大道等她。她叫"斯蒂奥帕的女儿"或多米尼克。他也许是忘了她的名字,也许是有意不说出来。他们也许相遇了,也许从未谋面。

对我来说一切都没变。那年夏天我守在一栋大楼前,宛如二十五年前的那个冬天我在马路边等斯蒂奥帕的女儿。如果有人问我:"这么做究竟是为什么?"我想我大概会老实回答:"为了尝试认识巴黎的奥秘。"

"巴黎的奥秘"(les mystères de Paris)一度是欧仁·苏的小说名。"我们人生开始时"(Nos débuts dans la vie)让人想到巴尔扎克的小说《人生的开始》(Un début dans la vie,或译"入世之初")。《沉睡的记忆》援引某个十八世纪作家的自况:夜间看客(spectateur nocturne)。那是八卷本的《巴黎的夜》①的副标题，雷斯提夫在书中实时记录大革命期间的巴黎深夜见闻。我们还可以继续举例。诸如波德莱尔和奈瓦尔，或者普鲁斯特和季洛杜。"一切与巴黎的奥秘有关的东西总是让我极其好奇也特别着迷。"莫迪亚诺的小说安顿在某种文学传统中。几百年间，名曰巴黎的现代城市神话在文学的沙漏中不停转动。

五

所有莫迪亚诺的书是同一本小说。一部未完成作品。一张不断拼补总有缺失的拼图。

他说过：

我试着整理我的记忆，每份记忆就如一块拼图，因为缺太多，大多数拼图是孤立的。偶尔有三四块重新拼在一起，但不可能更多。

他还说过，他在遗忘中写下一本又一本小说，新写的书抹去被忘却的旧书，以至于同样的脸孔人名地点同样的

---

① Restif de La Bretonne，*Les Nuits de Paris ou le Spectateur nocturne*，Paris，1788—1794.

句子一再出现循环往复。

在《夜半撞车》(2003)中,热纳维耶芙·达拉姆已然不经意地出现过,她和小说中的叙事者一起坐公车去歌剧院,随后他眼看着她消失在人海中。新书中还有若干人物在过往小说登过场,好比失落的拼图在多年后重新找到,又或是有意忘却的记忆再次袭来。米莱依·乌鲁索夫在《家谱》出现过,玛德莱娜·佩洛在《陌生女人》(1999)出现过,但不叫玛德莱娜而叫热纳维耶芙·佩洛,犹如记忆停摆的某种见证。[1]

两本新书有同一个主角,某个名叫"让"的年轻人。两本新书也有同一个叙事者,五十年后追忆似水年华的让。《沉睡的记忆》借一份警察局卷宗给出更多细节:Jean D,出生日期一九四五年七月二十五日,出生地布洛涅比扬古。这个小说中的让不是头一回出现,早在《八月星期天》(1986),还有晚近的《地平线》(2010)或《夜之草》(2012),某个名叫"让"的叙事者形影不散。这个小说中的让一如既往让人想到小说家本人。因为莫迪亚诺姓名全称 Jean Patrick Modiano,自传体小说《家谱》开卷就说:"我于一九四五年七月三十日出生在布洛涅比扬

---

[1] 关于莫迪亚诺不同作品中的互文情况,随文举例,不刻意求全。

古。"就连《我们人生开始时》的女主人公多米尼克也与小说家现实生活中的妻子同名。确切的时间地点人名,加上出生相隔五天的时差,种种看来是有意为之的小说手法:"这样一来就分不清它们究竟真实发生还是属于梦的领域。"

《暗店街》中的主人公探寻身世之谜,从某个名叫斯蒂奥帕·德·扎戈里耶夫的俄国人开始最初的线索。不是偶然吧。将近四十年后,《沉睡的记忆》从某个神秘的"斯蒂奥帕的女儿"说起。那年他十四岁,斯蒂奥帕是父亲的朋友,他们有时去布洛涅森林散步。

> 我想见她,因为我希望她能给我一些解释,也许她会帮助我更好地认识我父亲,那个沿着布洛涅森林小径静静走在我身旁的陌生人。

他们通过一次电话,她让他下星期再打来,"但下星期以及那年冬天的其他星期,电话打过去再也没人接"。斯蒂奥帕的女儿没有出现就消失了,一起消失的是斯蒂奥帕和父亲。

到了春天,我们不再和斯蒂奥帕一起去布洛涅森林散步。我也从此不再和父亲一起散步。

第二段故事从父亲转到母亲。那年他十七岁,还在念中学。他和母亲的女友同住母亲离开后的孔蒂河滨路的公寓。她像母亲未曾做过的那样陪伴他,到后来他甚至不想回学校而想跟她一起走。与米莱依·乌鲁索夫朝夕相处的日子影射母亲不在场的少时岁月。在《我们人生开始时》中,年轻的让说起母亲:

从十一岁到十八岁,我总共见过她两三回,每次不超过一小时。她很容易厌烦。

莫迪亚诺说过,他过了很多年才发现他的童年是个谜。战后的特殊年代,父母不在身旁,他在陌生人中长大。关于人生起点的纷乱记忆成了小说的雏形。写作和想象是解开生命之谜的一把钥匙。每一次书写都在从头说起,大到一本小说,小至某种生命感觉:

它形影相随,我却无从说出确切的由来。有一天我直觉地感到那由来始于我出生以前……

《沉睡的记忆》的开篇和收场各有一本与时间相关的书,从瑞士作家阿勒达的纪实作品《相遇时节》,到比利时作家库维尔的小说《罗马时间》,遥相呼应。①此外各有一条别具深意的路线,形成某种时空坐标上的循环往复。

"十四岁左右,我习惯一个人在街上走。"一开始只敢走固定几条街。那是他有生以来在巴黎行走的第一条路线。皮嘉尔街区。不是偶然吧。《我们人生开始时》的故事也发生在同一街区。作为呼应,小说结尾处颇不寻常地出现一条从巴黎出发的路线。目的地是起源于中世纪的宇瑟城堡。在十七世纪作家佩罗的童话里,这个位于森林与河谷之间的神秘所在又称睡美人城堡。将近六十年过去了,出发的路线比从前复杂许多,而他和当年一样生怕迷路。

如此心思缜密的环形结构不只见于一本小书。所有莫迪亚诺的书连接呈现出循环往复的叙事样貌。最后的路线不仅呼应人生中最初的路线,还隐约指向小说家的文学生涯起点。在一篇名为《破门闯入睡美人城堡》(2012)的短文中,莫迪亚诺追述他在二十三岁写下第一本小说《星形广场》(1968)的经过。那一年正逢五月风暴,拉丁区的街头不时传出燃烧瓶的引爆声响,他在世事喧嚣中走进

---

① Georges Haldas, *Le temps des rencontres*, Éditions L'Âge d'homme, 2001; Alexis Curvers, *Tempo di Roma*, Paris, Robert Laffont, 1957.

文学世界,"犹如破门闯入睡美人的城堡"。①

六

"已有的事后必再有,已行的事后必再行,日光之下并无新事。"②

半明半暗之中,不知过了多少年。他一个人回到皮嘉尔街区,走进白街的那家剧院,深入迷宫般的后台,寻找一间名曰"我们人生开始时"的化妆室。沉睡的记忆慢慢浮出水面。二十岁那年秋天,他们住在剧院的化妆室。他开始写小说,她开始排演契诃夫的《海鸥》。他在那间化妆室里说过一句话:

> 我要试着记住今晚的日期……一九六六年九月十九日星期一……一场彩排的日期。我感觉这个日期标志着我们人生开始时……

从头到尾省略号几乎取代句号。断断续续的句子似在

---

① Modiano, "Entrer par effraction dans le château de la Belle au Bois dormant", in Maryline Heck et Raphaëlle Guidée (dir.), *Modiano*, *Cahiers de l'Herne n° 98*, Paris, 2012.

② 传道书, 1: 19。

模拟艰难行进的记忆。

"我们人生开始时",宛如一个未解的心结。《沉睡的记忆》说起过。《消逝的街区》(1985)、《小首饰》(2001)或《青春咖啡馆》(2007)等以往小说反复说起过。这个说法最终成为一出戏剧的标题。体裁的一丝变化是让人在意的。莫迪亚诺鲜有戏剧作品问世。①

戏中在排演另一出戏。《海鸥》是契诃夫写于一八九六年的四幕喜剧。剧中有一对母子,母亲是名演员,儿子想成为作家。母亲有个情人是名作家,儿子有个意中人叫妮娜。有一天,名作家看到妮娜手中被打死的海鸥,心生写小说的灵感:

> 有个年轻姑娘从小住在湖边,她像爱海鸥那样爱那个湖,也像海鸥那样幸福自由。可是偶然来了一个男人看见她,闲着没事就把她毁了,仿佛她是海鸥似的……

他不仅写出小说,现实生活中他也这么做了。妮娜和他私奔随后又被他抛弃。终场时,那个幻灭的年轻人开枪

---

① 莫迪亚诺早年写过两部戏剧:《波尔卡舞》(1974 年)和《金发妞》(1983 年)。

自杀。

《海鸥》本是典型的戏中戏。莫迪亚诺进一步探照戏剧时空的多次元可能。不但戏中在排演一出戏，而且戏中人物与《海鸥》中的人物颇有相似之处。扮演妮娜的多米尼克和妮娜一样热爱舞台，年轻的让想成为作家，让的母亲是演员，母亲的情人也是作家。戏中人物来回穿梭在现实与舞台之间，不同版本的海鸥故事循环上演。各种戏剧时间在舞台灯光变化中交错，时而是排演中的一九六六年秋天，时而是多年后的回望，某些场景甚至没有时间坐标，活像戏中人物的梦……

诚然剧中的母亲不是成功的演员，她在隔壁剧院出演不入流的通俗喜剧，一出由作者生造的《周末愉快冈萨雷斯》。剧中的继父不是真正的作家，他自视是让的文学导师，给出的教诲全是陈词滥调。年轻的让用手铐把自己和书稿铐在一起，生怕被继父拿走撕碎。两代人的艰难关系让人想到莫迪亚诺过往小说里的情节。《我们人生开始时》自况为"某个乏味可悲的《海鸥》版本"。我们有必要从作者的自谦中察觉某种在别处的深意。

在这出戏中，莫迪亚诺解释了"让"这个名字的另一种传承来源。失意的中年作家徒然想要塑造让-保尔·萨特这个出自现代哲学系统的作家典范，不料遭到年轻的让奚落。相形之下，二十世纪戏剧诗人让·季洛杜（Jean Giraudoux）代表拉辛以降的法语戏剧传统，其文学渊源甚至可以追溯到更古远。母亲对年轻的让和多米尼克说出一番含泪的话。那是失意的一代演员的心声，如同给未来演员和未来作家的留言。

> 我第一次到巴黎时，我在北方车站下火车，那时我做梦都想嫁给让·季洛杜……我的孩子，你本来应该是季洛杜的儿子……所以我才给你取名叫让。

《我们人生开始时》是一部关于戏剧的戏剧。让是剧院的孩子："出生在剧院的化妆室里，打小在那里玩弹珠，放学在那里做作业。"多米尼克只有在舞台上才能畅快呼吸。她对拉辛的戏剧烂熟于心，还替让的母亲念出《安德洛玛克》中的一段经典台词。他们对剧院有天然的归依感：

> 剧院就是剧院……上演的戏目可以花样百出，但后台是老样子，化妆室是老样子，发旧的红天鹅绒布景是老样子，上台前的紧张也是老样子……

他们在深夜的舞台想象剧院自开张以来上演过的各种声音扑面而来："从前的观众会回来看从前上演的戏……有点儿像永恒轮回。"一旦跳脱剧中人物之间的私密关系，最根本的主题呼之欲出：剧场的秘密，或戏剧的永恒轮回。

"我原本还以为，剧院一点也不会变，时间会在这里停顿。"多年后，让重新找到那间化妆室，他被告知剧院很快要装修，"这里以后就不是化妆室了"。作为文学世界的某种缩影，剧院给人永恒现在的幻觉。这就和巴黎的奥秘一样不是吗？剧中的让席地坐在那间即将消失的化妆室中央，对记忆中的多米尼克怅然说道：

你可知道巴黎变得厉害……我总觉得我在巴黎找不到自在的地方，但我不敢对别人说……我只能和你说……日复一日，与孤独作战……

七

在契诃夫的《海鸥》中，幻灭的年轻人自杀前和妮娜有一段重要对话。多米尼克和让一起练习这场戏。一开始她对他说，那是"最后那场戏，咱们的戏"。

妮娜：现在我才知道，才明白在我们的事业中，演戏也好写作也好，要紧的不是名望，不是光荣，不是我一度梦想的那些东西，而是学会承受……学会背负自己的十字架并且有信心。我现在就有信心，我不是那么难过了。一想到我的使命，我就不害怕生活了。

特列普列夫：您找到了您的路，您知道要往何处去，可是我仍在梦想和形象的混沌世界里漂泊，不知道我为什么写作又有谁需要我写的东西。我没有信心，也不知道我的使命是什么。[1]

以契诃夫为例的文学对话遥遥呼应哲学式的拷问。在尼采的哲学表述里，面对永恒轮回的存在困境，世人要么顺服神意（如妮娜般有信心），要么遁入虚无（如特列普列夫般没有信心）。或此或彼。"你是否还要这样，并且（在无穷次的拷问中）一直这样？这是人人必须回答的问题。"[2]

---

[1] 契诃夫，《海鸥》，收入《契诃夫文集》，汝龙译，第十二卷，上海译文出版社，1997年，页192。

[2] Nietzsche, *Le gai savoir*, p.279；尼采，《快乐的科学》，页317。

作为某种回答，尼采安排扎拉图斯特拉下山了。《快乐的知识》第342条箴言从而也是《扎拉图斯特拉如是说》的开场白。"我永远回到这相似和同一个生活，无论是在最伟大之处和最渺小之处全都雷同。"存在的困境是同一个。同一的永恒循环中如何可能出现新人？扎拉图斯特拉作为永恒轮回的教师却要向人类宣讲超人。扎拉图斯特拉注定要为这样的矛盾付出代价，"因这言辞粉身碎骨"，"作为宣告者走向毁灭"。① 这是哲学样式的悲剧。生活不在理想国。追求完美道德的政治行为没有幸福的结局。"悲剧开始了"：扎拉图斯特拉的下山（沉落）开始了。

莫迪亚诺的书写隐约指向同一个存在困境。我们所有读者感同身受的那种独有的小说质感很可能就是从中生成的吧。同一个海鸥的故事，是否还要这样并且一直这样？每一次演绎执意做独一无二的存在经验是否可能？年轻的让反复说，"那场戏"不是他和多米尼克的戏，他不是幻灭的年轻人，他不会自杀。他对她说："我对未来有信心。"在彩排成功的当夜，她亲手替他解开了手铐。只是，时间的手铐也能解开吗？戏中时而年轻时而不年轻的让

---

① 尼采，《扎拉图斯特拉如是说》，黄明嘉、娄林译，华东师范大学出版社，2009年，页363—364。

"穿越时间之流",记忆中的他不断记忆起才做的梦:

  就好像我突然沉浸在从前,与此同时我已经知道未来发生的事。

  剧院迷宫的戏中戏,也是时间迷宫的戏中戏。这就像清理海报栏,"撕下一张旧海报,底下还有一张,再撕底下还有……"那些旧海报里总有一张是《海鸥》,那家剧院很久以前上演过同一出戏。多年后让重新走进后台时,那家剧院也许又在上演同一出戏。

  是否还要这样并且一直这样?同一的永恒循环中如何可能出现一丝变化?无论最伟大之处还是最渺小之处的一道缝隙?我慢慢明白,如此拷问的分量不在于对一本书甚或所有书发问,而在于对书写者及其书写本身发问。我想到热纳维耶芙·达拉姆的故事。六年后的重逢确有"一丝变化:多了那个孩子"。那孩子一直站在笼子前看一头豹。稍后,那孩子也这么看小说中的"我"。在孩子眼里,那头豹(小说家本身?小说本身?)在笼子里转着永恒的圈。

  文学想象有一道缝隙。文学评论有时称作小说中的迷宫。在别处的定义里,那道缝隙叫做洞穴。文学的慰藉在于缝隙中得以对"一种心酸沉重的新知"语焉不详。在

"沉睡的记忆"尽头,小说家重新出发去寻访睡美人城堡。那条路他依稀走过。几个月来他不停在查老地图,那条路在他心里越来越有数。

——只是,这真的是正确的路吗?

我想象这是小说家以一生书写道路之名发出的疑问。我凭此理解某种堪称"最重的分量"的文学假设。